KB115274

大武士
대무사

철백 新무협 판타지 소설

FANTASTIC ORIENTAL HEROES

대무사 2

철백 新무협 판타지 소설

초판 1쇄 찍은 날 § 2015년 12월 22일
초판 1쇄 펴낸 날 § 2015년 12월 29일

지은이 § 철백
펴낸이 § 서경석

편집책임 § 한준만

펴낸곳 § 도서출판 청어람
등록번호 § 제387-1999-000006호
등록일자 § 1999. 5. 31
어람번호 § 제2-2624호

주소 § 경기도 부천시 원미구 부일로 483번길 40 서경B/D 3F (우) 14640
전화 § 032-656-4452 팩스 § 032-656-4453
http://www.chungeoram.com
E-mail § chungeorambook@daum.net

ISBN 979-11-04-90572-8 04810
ISBN 979-11-04-90570-4 (세트)

철백 新무협 판타지 소설

FANTASTIC ORIENTAL HEROES

大武士

대무사

2

청어람
도서출판

目次

第一章
금와막후(金蛙幕後)

　목소리가 들림과 동시에 이신은 사도길을 옆으로 휙 내던
졌고, 남은 한손을 번개처럼 움직였다.

　퍼버벅—!

　그러자 둔탁한 타격음과 함께 아무것도 없는 허공이 마치
파문이 일어난 수면처럼 일렁이더니 그 사이로 웬 인영 하나
가 모습을 드러냈다.

　꼬챙이처럼 호리호리한 체구의 복면인. 그는 그을린 자국이
선명한 가슴팍을 매만지면서 투덜거렸다.

　"크윽! 감만 좋은 줄 알았더니, 손도 제법 맵구만."

　"웬 놈이냐."

이신은 복면인의 말을 무시한 채 무심한 얼굴로 물었다. 그러면서도 속으로는 놀라움을 감추지 못했다.

'팔열수라수를 맞고도 멀쩡해?'

심지어 조금 전의 공격에 이신은 적잖은 내력을 가미했다.

한데도 옷만 조금 그슬린 것을 제외하면 복면인의 피해는 거의 전무하다 싶은 수준이었다.

그을린 옷자락 사이로 드러난 맨살은 긁힌 자국 하나 없이 매끄럽다는 게 그 증거였다.

거기다 이렇게 지척까지 접근할 때까지 이신이 미처 그의 존재를 눈치채지 못했다는 것도 간과해선 안 되는 사실이었다.

이신의 이목을 속인다는 것은 곧 화경급 고수의 이목마저 속일 정도라는 거나 마찬가지였으니까.

결코 만만히 볼 수 없는 상대라고 판단하는 가운데, 복면인의 말이 이어졌다.

"뭐 당신이 지금까지 심문하고 있던 그 문어 대가리의 감시자, 라고 하면 대충 알아들으려나?"

"감시자?"

이신의 시선이 저도 모르게 사도길 쪽으로 향했다.

그 또한 복면인의 말을 전혀 알아듣지 못하는 눈치였는지 두 눈만 껌뻑거렸다.

그것만 봐도 사도길과 복면인이 생판 남남임을 쉬이 짐작할 수 있었다.

이신은 시선을 다시 원위치시키면서 말했다.

"이해할 수 없군. 이자가 뭐 그리 중요하다고 감시까지 붙이고 난리인 거지? 그것도 너 정도의 고수가."

"후후후, 칭찬은 고맙지만 거기까지 알려줄 의리는 피차없다고 보는데?"

일견 경박한 말투와 달리 의외로 복면인은 자신에 대한 정보를 일절 노출하지 않았다.

그러나 애당초 감시자라는 표현을 입 밖으로 내뱉은 시점에서 그의 뒤에 뭔가가 있긴 있다는 것으로 판단해도 무방했다.

이제 와서 숨기려고 하는 것 자체가 눈 가리고 아웅 하는 격이었다.

앞서 이신의 질문도 딱히 그에게서 특정한 정보를 듣기 위함이 아니었다.

'이제야 이해가 되는군. 어째서 사도길 저놈이 무한에 자리 잡기까지 본교의 추적자들에게 덜미를 잡히지 않았던 것인지.'

아마도 복면인이 속한 집단의 짓일 것이다.

집단이라고 판단하는 이유는 한낱 개개인의 힘만으로는 강호 전체에 거미줄처럼 복잡하게 얽히고설켜 있는 마교의 정보망을 결코 속일 수 없기 때문이었다.

하물며 사도길은 도망자치고는 너무나 엉성하다싶을 만큼 자신의 행적이 드러날 여지를 남기지 않았던가.

새삼 놀랍다 싶었다.

도대체 어떤 조직이기에 천하의 마교가 쫓고 있는 자를 수년 간이나 숨길 수 있단 말인가?

하지만 더 큰 문제는 따로 있었다.

'이유가 뭘까?'

사도길의 무엇이 그 집단으로 하여금 그를 보호하고, 또한 감시토록 하게 만든 것일까?

암만 생각해 봐도 그에 대한 의문이 좀체 풀리지 않았다.

'뭐 하는 수 없지.'

생각해 봐도 답이 나오지 않는다면, 해결책은 하나뿐이었다.

바로 답을 아는 사람에게 직접 물어보는 것.

복면인을 바라보는 이신의 눈이 살짝 가늘어진다 싶은 순간이었다.

파팟!

가볍게 발을 구름과 동시에 어느덧 이신의 신형이 복면인의 코앞에서 나타났다.

쾅!

이윽고 울리는 굉음!

사방으로 마구 흩날리는 흙먼지 사이로 복면인과 이신의 모습이 드러났다.

복면인은 뭔 일 있었냐는 양 가슴팍을 가볍게 툭툭 매만졌다.

반면 이신은 무심한 얼굴로 오른쪽 주먹을 쥐었다 펴기를 반복하면서 중얼거렸다.

"…역시 우연이 아니었군."

설마 두 번이나 자신의 공격을 받고도 무사할 줄이야.

재차 복면인의 실력을 인정하는 이신의 말에 복면인은 태연하게 답했다.

"이 정도의 실력도 없이 댁 앞에 나서는 것도 웃기는 일 아닌가?"

"하긴 그도 그렇군."

"이거 듣던 것과 달리 댁과는 말이 통하……."

긍정하는 듯한 이신의 말에 복면인이 뭐라고 말을 이으려는 찰나였다.

"고작 그따위 실력으로 내 앞에 나서는 건 웃기다 못해서 미친 짓이지."

"뭐……? 커으윽!"

이신의 말이 끝나기 무섭게 신음성과 함께 반문하려던 복면인의 몸이 거짓말처럼 허물어졌다.

복면 사이로 유일하게 드러난 그의 두 눈은 경악으로 물들어 있었다.

그의 귓가로 이신의 음성이 들려왔다.

"오랜만이로군. 배화륜 네 개를 동시에 다 돌리는 건."

"배, 배화륜 네 개라고?!"

이신의 말에 놀라면서 반문한 것은 복면인이 아닌 구석에 엉거주춤 서 있던 사도길이었다.

'그렇다면 배화공이 모, 못해도 사, 사륜의 경지를 너, 넘어섰다는 소리 아닌가! 그게 정녕 가능한 일인가?'

직접 배우지는 않았다고 하지만, 썩어도 준치라고 전 염마종의 제자였던 만큼 사도길도 배화공에 대해서 어느 정도는 알고 있었다.

'그러고 보니⋯⋯.'

이신의 두 눈은 어느덧 백열의 기운으로 물들어 있었다.

오직 배화륜을 활성화시켰을 때만 나타나는 현상으로 배화륜에 의해서 배가된 내공이 가시화된 것이었다.

거기다 이신의 말대로라면 배화륜을 무려 네 개나 이용해서 내공을 배가시켰다.

그 말은 사용할 수 있는 내력의 양이 통상의 네 배라는 의미.

좀 전의 공격에 얼마나 무지막지한 내력이 실렸는지는 물어보나 마나였다.

'괴, 괴물 같은 놈!'

사도길은 새삼 더 질렸다는 눈으로 이신을 바라봤다.

한편 복면인은 전과 달리 욱신거리는 가슴팍을 움켜쥐면서 몇 차례 컥컥대더니, 이내 의미심장한 눈빛으로 이신을 올려 다봤다.

"후, 후후……! 예상 이상이로군. 설마 전륜갑(戰輪鉀)의 방호력마저 상회할 정도의 위력이라니."

"전륜갑?"

아마도 이신의 공격을 막은 호신강기를 가리키는 명칭인 것 같은데, 암만 생각해 봐도 생전 처음 들어보는 이름이었다.

이신이 의아해하거나 말거나 복면인은 계속 말을 이었다.

"아, 이거 참. 이래서 모두들 당신을 조심하라고 했구만. 이신, 아니……."

복면인은 한차례 뜸을 들이면서 마저 말을 끝맺었다.

"혈영사신."

"……!"

복면인의 입에서 불쑥 튀어나온 뜻밖의 단어 앞에 이신은 일순 저도 모르게 눈을 크게 치켜떴다.

하지만 언제 그랬냐는 듯 이내 원래대로 돌아왔다.

"…유언은 그게 다인가?"

덤덤한 듯, 그러나 그 어느 때보다 싸늘한 눈초리로 이신은 말했다.

이에 복면인이 뭐라고 더 웅얼거리려고 했지만, 그보다 먼저 이신의 말이 이어졌다.

"그럼 죽어라."

스릉—!

이신의 말이 끝나기 무섭게 장내에 울려 퍼지는 맑은 쇳소리.

뚝뚝—

동시에 한두 방울씩 바닥으로 떨어지는 핏물.

복면인은 떨리는 손길로 자신의 배를 한차례 매만졌고, 그러자 선홍빛 핏물이 듬뿍 묻어났다.

그리고 나서 고개를 들어서 뒤를 돌아보자 웬 못 보던 장검을 들고 서 있는 이신의 뒷모습이 보였다.

핏물 하나 없이 묵빛의 검신에는 영호라는 글씨가 선명하게 음각되어 있었다.

한참 후에야 복면인은 그것이 처음부터 지금까지 줄곧 이신의 허리춤에 매달려 있던 그 검임을 깨달았다.

동시에 처음 들었던 맑은 쇳소리의 정체가 발검하면서 난 소리라는 것 역시도.

"그, 그 검은……?"

"이번에 얻은 새로운 애병이지. 덧붙여서 말하자면……."

이신은 고개만 뒤로 돌린 채로 말했다.

"내 주특기는 주먹이 아닌 검이다."

"과, 과연… 주특기라고 할 만……."

복면인은 마저 말을 끝맺지 못했다.

어느덧 그의 목 위로 가느다란 혈선이 생겨났고, 혈선은 곧 수십 갈래로 나뉘어서 복면인의 전신을 뒤덮었다.

그리고,

퍼엉—!

잘게 토막 난 복면인의 육신이 폭음과 함께 사방으로 흩뿌려졌다.

실로 잔인한 최후가 아닐 수 없었으나, 이신은 자신이 벌인 참상 앞에서도 눈 하나 깜짝하지 않았다.

마치 복면인이 그런 최후를 맞이하는 게 당연하다는 태도였고, 실제로도 그리 여겼다.

'내 정체를 아는 자라니. 도대체 이게 어찌 된 일이지?'

이건 아주 중요한 문제였다.

정천무관의 후계자 이신이 아닌 마교의 혈영사신 이신의 존재에 대해서 잘 아는 자라니.

이신이 스스로 밝히지 않는 한, 아무도 몰라야 하는 극비 중의 극비가 아니던가?

'아무래도 조사를 좀 해봐야겠군.'

이신의 눈빛이 막 스산해지려고 할 때였다.

"크아아아아아아악!!"

갑자기 장내에 울려 퍼지는 비명성.

얼른 고개를 돌리자 사도길의 몸이 거센 기세로 타오르는 흑염으로 뒤덮인 게 보였다.

놀란 이신이 서둘러 그에게로 달려갔지만, 그땐 이미 한발 늦은 뒤였다.

검은 불길이 순식간에 사도길을 집어삼키더니 이내 잿더미로 만들어 버린 것이다.

"이런……."

잿더미로 화한 사도길을 바라보면서 이신은 눈살을 찌푸렸다.

검은 불길의 정체는 다름 아닌 암화공의 기운이 유형화된 것이었다.

그렇지만 암만 생각해 봐도 이상했다.

어찌 사도길이 스스로 만들어 낸 불길에 의해서 불타죽을 수 있단 말인가?

누가 생각해도 부자연스러운 일이었다.

'혹시?'

이신은 서둘러 사방을 둘러봤다.

그러자 때마침 저 멀리 점으로 사라져 가는 한 인영의 뒷모습이 보였다.

당장 뒤쫓을까 했지만, 그 짧은 사이에 저만치 달아나는 자를 잡기란 쉬운 일이 아니었다.

'제길, 방심했군.'

설마 한 명이 더 있었을 줄이야.

거기다 사도길을 데려가는 게 아니라 아예 죽여 버리다니.

'입막음인가? 도대체 무얼 위해서?'

워낙에 단서가 없다 보니 뭐라고 추측하기도 애매했다.

결국 이신은 애써 치밀어 오르는 분기를 억누르면서 천천히 영호검을 검집에다 납검했다.

칭—!

맑은 쇳소리가 마치 이신의 마음을 달래주려는 듯 영롱하게 울려 퍼졌다.

그럼에도 주변을 감도는 비릿한 혈향이 좀체 사라지지 않는 것처럼 굳어진 이신의 표정도 좀체 풀릴 기미가 보이지 않았다.

'후우, 일단 이곳을 정리해야겠군.'

이신은 사방에 흩어진 육편과 핏물을 피하면서 걷더니 곧 복면인의 머리가 있는 곳에서 멈추었다.

그는 무심한 얼굴로 머리통을 들어서 뒤집어쓴 복면을 벗겨냈다.

그러자 너무 평범하다 못해서 기억에도 잘 안 남을 듯한 사내의 얼굴이 드러났다.

그를 보는 순간, 이신은 눈살을 찌푸렸다.

'이자는 분명……'

자신의 기억이 맞는다면 이자는 틀림없이 능위군의 뒤를 따라다니던 이들 중 한 명인 강유라는 작자였다.

'도대체 이게 어찌 된 일이지?'

이전에도 강유와 한번 손을 섞었던 적이 있는 이신이었다.

그때 그가 느낀 바로 강유의 실력은 잘해봐야 이류 남짓에 불과했다.

그런 자가 자신의 이목을 속일 정도의 움직임과 만만찮은 실력을 숨기고 있었다니.

더군다나 다른 사람도 아닌 이신 앞에서?

설령 귀신은 속일지언정 이신의 눈을 속인다는 것은 불가능했다.

그렇지만 복면인의 정체가 강유라는 것도 엄연히 부정할 수 없는 사실이었다.

설마 그사이에 기연이라도 얻어서 강해지기라도 한 것일까?

의문이 꼬리에 꼬리를 무는 가운데, 웬 이상한 물건 하나가 이신의 눈에 우연히 포착됐다.

"이건?"

그건 다름 아닌 괴황지(槐黃紙)였다.

흔히 도사들이 부적을 만들 때 사용하는 종이가 강유의 정수리에 붙어 있었던 것이다.

그 괴황지에는 기하학적인 도형들과 의미를 알 수 없는 문자들이 적혀 있었다. 그런데 놀랍게도 그것은 주사가 아닌 사람의 피로 적힌 것이었다.

그래서일까? 그것을 보는 순간 이신은 비릿한 혈향이 코끝을 스치는 듯한 착각을 느꼈다.

그러나 다음 순간, 무엇에 생각이 미쳤는지 돌연 이신의 표정이 딱딱하게 굳어졌다.

"설마?"

그의 시선이 저도 모르게 인영이 사라졌던 방향으로 향했으나, 세상을 피로 물들이는 듯한 노을만이 조용히 그를 반길 뿐이었다.

＊　　　＊　　　＊

등불 하나 달랑 켜놓은 어두운 방 안.

금와방주가 남몰래 마련한 안가로 이곳을 아는 사람은 아무도 없었다.

그곳에서 금와방주는 홀로 초조하기 그지없는 표정을 한 채로 앉아 있었다.

'무슨 일이지? 그쪽에서 나를 찾다니.'

분명 처음 만날 때 '그들'은 말했다.

오늘의 만남이 그들에게 최초이자 마지막 만남이 될 거라고.

만약 이후 그들과 금와방주가 다시 만나게 된다면, 그때는 결코 좋은 일로 보는 게 아닐 거라는 경고 비슷한 말까지 덧붙이면서 말이다.

금와방주는 그 말을 가벼이 흘려듣지 않았다.

이신과의 일 때도 바로 그들을 찾지 않고 사문인 무당파에다 도움을 요청한 것도 그 때문이었다.

그렇기에 오늘 저녁 집무실의 책상 위에 홀연히 놓여 있는 암화(暗話)를 봤을 때는 눈앞이 절로 아득해지는 것을 느꼈다.

'도대체 나에게 무엇을 시키려고……'

금와방주가 부르지 않았으니 용무가 있는 것은 엄연히 그들 쪽이었다.

사람들은 잘 모르지만, 금와방이 작금의 성세를 이룬 것은 전부 그들의 도움이 있었기 때문이다.

금와방주 자신의 상재?

상가는커녕 작은 포목점의 후계자 정도에 불과한 그가 재주가 있어봐야 얼마나 있겠는가?

사문인 무당파의 도움?

그들은 기껏해야 금와방주에게 유운검법 하나를 전수하는 것과 생색내기에 가까울 만큼 적은 액수의 자금만 원조한 게 다였다.

오히려 그들은 그걸 빌미 삼아 매년 거금의 기부를 하도록 금와방주에게 강요하고 있었다. 물론 그 액수가 나날이 높아지고 있는 건 두말할 것도 없었다.

그런 무당파에 비하면 이름 모를 그들은 그야말로 물심양면으로 금와방주를 도와줬다.

이를테면 금와방주의 인맥과 배경으로는 절대로 만날 수 없는 고위관직의 인물과의 만남을 주선한다든지 아니면 누구라도 군침 흘릴 만한 큰 거래에 대한 결정적인 정보를 넌지시 흘리는 식으로 말이다.

한마디로 작금의 금와방을 만든 것은 금와방주가 아닌 그들이라고 해도 과언이 아녔다.

따라서 그간 받았던 도움들을 생각해서라도 그들이 무엇을 요구하든 간에 금와방주는 절대 그 부탁을 거절할 수 없는 입장이었다.

금와방주가 연신 초조한 것도 그 때문이었다.

그렇게 얼마의 시간이 흘렀을까?

'슬슬 올 때가 된 것 같은데.'

혹여 자신이 암화를 잘못 해석하기라도 한 걸까?

얼마나 시간을 흘렀는지 확인하고자 금와방주가 무심코 창밖을 바라볼 때였다.

후욱—!

갑작스러운 바람에 켜났던 등불이 꺼졌고, 방 안은 순식간에 어둠으로 휩싸였다.

당황하는 것도 잠시, 금와방주는 이내 본능적으로 깨달았다. 아무도 없던 자신의 등 뒤에 누군가가 서 있다는 사실을.

"오랜만이오, 방주. 그간 무탈하셨소?"

마치 쇠를 긁는 듯한 느낌의 기분 나쁜 중저음이 금와방주의 귓가에 들려왔다.

만약 이 자리에 이신이 있었다면 경악을 금치 못했을 것이다.

왜냐하면 지금 들려온 음성은 분명 이신의 손에 의해서 처참한 최후를 맞이한 그 복면인의 음성이었기 때문이다. 토시 하나 틀리지 않고 완전 똑같았다.

한편, 목소리를 듣자마자 금와방주는 저도 모르게 눈을 살짝 크게 떴다.

등 뒤에서 들려오는 목소리의 주인이 오래전 자신과 만났던 그자라는 사실을 깨달았기 때문이다.

이후 서로 다시 만나게 된다면, 결코 좋은 일은 아닐 거라고 경고했던 바로 그자 말이다.

경고도 경고지만, 워낙 목소리 자체가 독특하다 보니 쉬이 기억해 낼 수 있었다.

금와방주는 천천히 뒤를 돌아봤다.

그러자 복면인이 팔짱을 낀 채로 서 있는 게 보였다.

"…오랜만입니다. 대인이야말로 그간 강녕하셨는지요?"

정중하게 인사를 올리는 한편으로 금와방주는 속으로는 빠르게 머리를 굴렸다.

'이자가 왔다는 건……'

피차 다음 만남은 없는 편이 좋을 거라고 충고한 것은 다름 아닌 눈앞의 복면인이었다.

한데 그런 그가 직접 금와방주의 앞에 나타났다.

그걸 어찌 해석해야 한단 말인가?

영 갈피를 못 잡아서인지 연신 긴장한 기색이 역력한 금와방주의 모습에 복면인은 그의 어깨를 툭툭 만지면서 말했다.

"후후후, 방주께선 그때 내가 한 충고를 잊지 않으셨구려. 좋은 자세요. 자, 일단 자리에 앉읍시다."

"아, 네. 그나저나 무슨 일로……?"

금와방주의 물음에 복면인은 자리에 앉다 말고 자신의 이마를 탁 치면서 말했다.

"이런, 내 정신 좀 보게나. 설명부터 한다는 걸 깜빡했군. 이해하시오, 방주. 내 오늘 개인적으로 좀 안 좋은 일이 있었던 터라."

'안 좋은 일?'

일순 궁금증이 일었지만 금와방주는 애써 그것을 겉으로 티 내지 않았다.

오늘 만남의 주도권은 그가 아닌 복면인 쪽에 있었다.

가급적이면 그의 심기를 거스르지 않는 게 옳았다.

거기다 복면인이 말하는 투로 봤을 때, 별로 이야기하고 싶은 화제로는 안 보였다.

그렇게 금와방주는 이어지는 복면인의 말에 조용히 귀 기울였다.

"다름 아니라 염라수와 관련된 문제요."

"염라수요? 그자는 왜?"

복면인이 사도길을 언급하자 금와방주는 절로 눈살을 찌푸렸다.

그에게 있어서 사도길은 계륵 같은 존재였다.

한창 금와방의 세력을 불리는 과정에선 눈엣가시 같은 정적을 처리하는 아주 편리한 칼이었지만, 지금에 와서는 쓸데없이 너무 많은 것을 아는 걸림돌이 되고 말았다.

그럼에도 지금껏 처리하지 않은 것은 실력도 실력이지만, 어디까지나 그가 복면인들이 추천한 자였기 때문이다.

내심 그의 처리를 놓고 고민 중이던 금와방주는 설마 하는 표정으로 복면인을 바라봤다.

'혹시?'

그리고 이어지는 복면인의 말은 금와방주가 기대한 것 이상의 희소식이었다.

"안타깝게도 그가 죽었소."

"쯧! 이런 변이 있나."

겉으로는 안타깝다는 듯 중얼거렸지만, 내심 금와방주는 오랫동안 앓던 이가 빠지는 듯한 기분이었다.

'후후후, 그놈이 죽었다니. 참으로 잘됐군.'

귀찮은 일 하나 덜었다는 생각과 동시에 한편으로 금와방주는 살짝 의아함을 감추지 못했다.

얼마 전에 봤을 때만 해도 정정하던 사도길이었다.

극독이라도 처먹지 않은 이상에야 갑자기 요절할 리가 없었다.

그렇다고 누군가에게 당했을 거란 생각도 안 들었다.

다른 것은 몰라도 사도길의 실력 하나만큼은 인정하고 있는 그였다.

실제로 근방에선 적수를 찾아볼 수 없지 않았던가.

당연히 사도길의 갑작스러운 죽음의 원인에 대해서 궁금하지 않을 리 없었다.

그런 금와방주의 궁금증을 꿰뚫어보기라도 하듯 때마침 복면인이 말했다.

"이신이라는 자와 싸워서 그리 됐다는구려."

"…네? 지금 뭐라고 하셨습니까? 막도길, 그 작자가 누구랑 싸웠다고요?"

금와방주는 도저히 믿을 수 없는 얼굴로 되물었다.

현실적으로 사도길과 이신 간에는 아무런 접점이 없었다.

도대체 중간에 뭔 일이 있었길래 두 사람이 싸웠다는 말인가?

복면인이 이어서 말했다.

"방주의 막내아들이 몰래 그를 찾아가서 제자로 받아달라고 사정한 모양이더군."

"구, 군이가 말입니까? 그, 그런 일이……!"

어쩐지 하루 종일 집에서 능위군의 모습이 안 보이더라니.

그가 천성적으로 오만하면서 남에게 빚지고 못 사는 성격
이라는 것은 잘 알고 있었지만, 설마 자신의 눈을 속이고 사
도길을 찾아갔을 줄이야.

거기다 제자로 받아달라고 떼썼다니.

그 속내를 쉬이 짐작할 수 있었다.

아마도 그 대가로 사도길에게 자기 대신 이신을 죽여 달라
고 한 것이리라.

'멍청한 놈! 그새를 못 참고!'

분명 조만간 무당파에서 고수가 파견될 거라고 절대 함부로
경거망동하지 말라고 그리 일렀거늘.

아들의 어리석음에 한탄하는 것도 잠시, 금와방주는 한숨
과 함께 삽시간에 몇 년은 더 늙은 얼굴로 말했다.

"후우! 뭐가 문제인지 알겠군요. 분명 염라수 그 작가가 이
신이 보는 앞에서 본 방과 자신의 관계에 대해서 떠들어낸 것
이겠지요."

아마도 자신이 이길 거라는 가정 아래 멋대로 떠들어낸 것
이리라.

사도길의 오만한 성정을 고려하면 있을 법한 일이었다.

물론 현실은 전혀 그렇지 않았지만, 금와방주로서는 그리
추측할 수밖에 없었다.

그리고 유일하게 진실을 알고 있는 복면인은 그런 금와방주
의 추측을 정정하기는커녕 너무나 태연하게 고개를 끄덕이면

서 말했다.

"그렇소. 그리고 문제는 그뿐만이 아니요."

"그뿐만이 아니라니…. 서, 설마?"

순간 뭔가를 깨달은 듯 금와방주가 경악을 금치 못했다.

이에 복면인은 다시 고개를 끄덕임과 동시에 복면 아래로는 의미심장한 미소를 머금으면서 말했다.

"역시 이해가 빠르시구려. 그렇소. 아무래도 우리들과 방주와의 관계에 대해서도 그가 눈치챈 것 같소."

"이런, 그건 보통 큰일이 아니지 않습니까!"

금와방주가 저도 모르게 언성을 높였다.

동시에 그의 얼굴은 놀람과 초조함으로 물들었다.

그럴 만도 했다.

금와방의 성장 뒤에 복면인과 그가 속한 집단이 있었다는 것을 타인이 알았다는 것은 그 자체만으로 초비상 사태라고 봐도 무방했다.

자칫하다간 금와방의 기틀 자체가 무너질 수도 있는 일이었다.

그것도 하필이면 유가장과 가까운 사이인 이신에게 그 사실을 들키고 말다니.

그런 금와방주의 반응에 복면인은 저도 모르게 혀를 내찼다.

"안타깝군."

"예? 갑자기 무슨?"

"방주, 그대는 정말 뛰어난 사람이오. 몇 마디 말만으로 이리도 빨리 정황을 파악하다니."

갑작스러운 복면인의 칭찬에 금와방주는 눈만 껌뻑였다.

이 시점에서 자신을 칭찬하는 이유가 뭔지 도통 알 수 없었기 때문이다.

그러거나 말거나 복면인의 말은 계속되었다.

"그래서인지 더욱 아쉽구만."

"무, 무엇이 말입니까?"

금와방주는 애써 불안감을 감추면서 물었다. 그러자 복면인은 정말 아쉽다는 말투로 말했다.

"오늘로서 방주와 우리들의 관계가 끝난다는 게 말이오."

"끝나다니… 서, 설마."

화들짝 놀란 얼굴로 복면인에게서 멀어졌다. 그러거나 말거나 복면인은 계속 말을 이었다.

"바로 그 설마지. 역시 아쉽구만. 이렇게 눈치가 빠른 동업자를 내 손으로 없애야 하다니."

"이런, 제길!"

돌아가는 분위기를 파악한 금와방주는 얼른 허리춤의 검을 뽑으려고 했지만, 그보다 먼저 복면인의 좌수가 움직였다.

"컥!"

맥없이 멱살을 붙잡혀 버린 금와방주는 외마디 신음성을

토해냈다.

'수, 숨이!'

고통스러워하는 그를 바라보면서 복면인이 말했다.

"너무 그리 억울해하지 마시오. 이미 죽은 막내아들은 물론 이거니와 곧 당신의 맏아들도 댁의 뒤를 따라갈 테니까."

"이… 개, 자……!"

우득!

금와방주는 끝내 말을 다 잇지 못하고 절명했다.

목이 부러진 금와방주의 시체를 복면인은 아무렇게나 옆으로 내던졌다. 흡사 같은 사람이 아닌 물건을 대하는 듯한 태도였다.

그러더니 쓰고 있던 복면을 벗어던졌고, 놀랍게도 그 아래에서 전혀 의외의 얼굴이 드러났다.

다름 아닌 죽은 금와방주의 얼굴이었다.

이윽고 그는 품에서 조그만 약병을 꺼내 들었다. 그러고는 그 안에 든 액체를 널브러진 금와방주의 시체 위에다 뿌렸다.

치이이익—

그러자 매캐한 연기와 함께 녹기 시작하는 시체.

무한의 상권을 틀어쥐었으며 무소불위의 재력을 자랑하던 금와방주 능치산의 허무한 최후였다.

    ＊   ＊   ＊

"이게 어찌 된 일입니까, 형님?"

그것은 근 사흘간 몸져누웠다가 일어난 유지광의 입에서 나온 첫 마디였다.

그럴 만도 했다.

그가 누워 있는 별채는 한쪽 벽이 완전히 무너져 있었고, 그 틈새로 보이는 운중장의 정경은 그야말로 초토화 그 자체였으니까.

그의 물음에 탕약을 달이는 듯 모닥불에다 한창 부채질 중이던 이신이 답했다.

"뭐긴 뭐야. 네가 깨달음을 얻는답시고 과하게 힘을 쓴 결과지."

"네, 넷? 제, 제가요?"

이 참상의 원인이 다름 아닌 유지광 자신이라고?

충격적인 이신의 말에 일순 벙찐 표정을 지었으나, 곧 유지광은 기억해 냈다.

능위군과의 생사투, 그 가운데서 불현듯 깨달음을 얻은 유지광은 마침내 유하검법의 마지막 초식이자 모든 초식의 연환 초식인 유하만천을 펼치는데 성공했었다.

그 후에 힘이 다해서 쓰러지느라 미처 확인하지 못하긴 했지만, 설마 그가 펼친 유하만천이 이 정도까지 엄청난 규모의 피해를 남겼을 줄이야.

차마 장원의 주인인 이신을 볼 면목이 없어서 유지광은 한 껏 붉어진 얼굴로 고개를 푹 숙였다.

이에 이신이 괜찮다는 듯 손사래 치며 말했다.

"어차피 다 철거하고 새로 지을 생각이었으니까, 너무 크게 신경 쓰지 말거라."

"그래도……."

"정 그리 마음에 걸린다면 어서 빨리 나을 생각부터 하거라. 네 몸은 지금 정상이 아니니까."

이신의 말은 괜한 게 아니었다.

실제로 유지광은 상체만 겨우 일으켰을 뿐, 몸을 제 의지대로 가누기 어려웠다.

뿐만 아니라 내부도 살펴보니 기혈이 엉망으로 뒤엉켜 있었다.

가까스로 내상까지 가지 않았지만, 그래도 함부로 무공을 사용해선 안 되는 상태임은 자명했다.

'확실히 형님 말씀대로 일단 몸부터 추스러야겠구나.'

이대로는 속절없이 짐만 될 뿐이다.

어서 빨리 몸을 회복시켜야겠다고 다짐하는 것과 동시에 유지광은 한 가지 마음에 걸리는 게 있었다.

"저, 그런데 형님……."

"뭐냐."

"저기, 능 공자는 어떻게……."

무수히 쏟아지는 검기의 폭풍에 휘말리면서 사라진 능위군.

그것이 유지광이 기억하는 그의 마지막 모습이었다.

십중팔구 죽었다고 봐야 했다.

그럼에도 혹시나 하는 마음에 그의 행방을 물어봤지만, 이어지는 이신의 대답은 단호했다.

"죽었다."

"역시… 인가요?"

능위군의 죽음.

비록 능위군 쪽에서 먼저 유지광의 목숨을 노렸다고는 하지만, 그래도 자신의 손으로 그를 죽였다는 것은 명백한 사실이었다.

또한 그것은 유지광의 첫 살인이기도 했다.

진실을 앎과 동시에 유지광의 얼굴은 눈에 띄게 어두워졌다.

무림맹에 몸담던 시절부터 시작해서 능위군과 그 일당에게 시달렸던 기억, 그리고 이전 일들까지 그와 관련된 기억들까지 빠르게 뇌리를 스치고 지나갔다.

서로 악연일지언정, 그래도 자신의 손으로 한 생명을 끝내 버렸다는 사실이 못내 안타깝게 여겨졌다.

하지만 그런 감상과 달리 한편으로는 이번 일이 과연 유가장과 금와방 양측에 어떤 파급효과를 가져올지에 대한 불안감이 유지광의 뇌리를 가득 채웠다.

단순히 금와방의 무인 하나가 죽어도 문제가 불거질 터인데, 무려 금와방주의 막내아들인 능위군이 죽고 말았다.

그것도 하필이면 유가장의 소가주인 유지광의 손에 의해서 말이다.

당연히 문제가 생기지 않을 턱이 없었다.

'전면전이 벌어지겠지.'

다가올 미래에 대한 불안감에 유지광의 얼굴이 딱딱하게 굳어지려는 찰나였다.

스윽—

갑자기 그의 머리를 쓰다듬는 손길.

고개를 들자 손길의 주인, 이신이 어느덧 바로 앞에 서 있는 게 보였다.

그는 유지광이 채 뭐라고 말하기 전에 먼저 입을 열었다.

"어차피 언젠가는 벌어질 일이었다. 그냥 그 시기가 앞당겨졌을 뿐이야. 그러니 결코 네 탓이라고 여기지 말거라. 알겠느냐?"

"하나……."

"하나고 나발이고, 엄연히 잘못은 저쪽이 먼저 했다. 거기다 그 금와방의 애송이는 남의 강요긴 해도, 어쨌든 네 목숨을 빼앗으려고 하지 않았느냐?"

근본적인 잘잘못을 따지자면 명백히 능위군 쪽에 책임이

컸다.

거기다 이신은 항상 말해왔다.

상대의 목숨을 해할 때는 반대로 자신의 목숨 역시도 걸어야 한다고.

그럴 각오가 아니라면 함부로 검을 들지 말라고.

어느덧 이신은 엄중한 얼굴로 말했다.

"넌 어디까지나 스스로를 보호하려고 했을 뿐이다. 그런데 어찌 그런 네가 이리도 죄책감을 느껴야 한단 말이냐? 넌 아무것도 잘못한 게 없다. 그러니 당당히 가슴을 펴라."

"형님……."

유지광은 살짝 감동한 듯한 얼굴로 이신을 바라봤다.

그 시선이 못내 부담스러운 듯 이신은 고개를 옆으로 돌렸다.

'그건 그렇다 쳐도 좀 이상하군.'

어디까지나 유지광이 능위군의 죽음에 대한 책임과 부담감을 느낄 필요가 없다고 했을 뿐, 유가장과 금와방의 전면전까지 부인한 건 아니었다.

그가 파악한 금와방주의 성격이라면 당장 손을 쓰기 보다는 조용히 물밑 작업한 뒤, 유가장을 천천히 압박하는 방식으로 나아갈 터였다.

한데 사흘이 지난 지금까지 금와방은 아무런 움직임도 보이지 않았다. 물밑 작업은커녕 이렇다 할 압박을 가하는 기미조차 보이지 않았다.

뿐만 아니라 이신은 한 가지 의아한 사실을 알아냈다.

바로 금와방주가 얼마 전부터 자신이 소유하고 있는 재산을 하나둘 처분하기 시작했다는 것이었다.

'무슨 속셈이지?'

주로 현물이나 전답 위주였는데, 그 액수를 따져 보니 결코 적은 액수가 아니었다.

누가 봐도 유가장과의 전면전을 고려한 움직임이라고는 볼 수 없었다.

만약 그랬다면 소유하고 있는 전답 등을 파는 게 아니라 차라리 유가장의 자금줄을 끊어버리는 쪽으로 행동하는 게 사리에도 맞았다.

한데 그렇게 하지 않고 재산을 처분한다는 건 달리 숨겨진 의도가 있다고밖에 볼 수 없었다.

'혹시?'

이신은 불현듯 사흘 전에 사도길을 붙잡는 과정에서 조우한 복면인을 떠올렸다.

사도길의 막후로 여겨졌던 그.

그 정체가 뜻밖에도 강유라는 사실이 밝혀지긴 했으나, 이신은 그게 다가 아니라고 확신했다.

그렇게 여기는 까닭은 죽은 강유의 정수리에 붙어 있던 의문의 괴황지 때문이었다.

주사가 아닌 피로 의미 모를 글자와 기형학적인 도형이 그려진 그것의 정체를 이신은 어렴풋이 알고 있었다.

아니, 그에 관련한 지식을 누군가에게 늘은 적이 있다는 게 보다 정확한 표현이리라.

다름 아닌 죽은 그의 스승, 종리찬에게서 말이다.

—본 종의 기원이라고 할 수 있는 배교에는 무공 외에도 여러 가지 기상천외한 술법이 전해져 내려왔다고 한다. 그 술법 중에선 타인의 육체를 마음대로 조종하고, 심지어 자신의 분신으로 삼을 수 있는 술법도 있다고 하지.

'…아마도 그걸 음혼전이법(陰魂轉移法)인가 뭐라고 했던가.'

도가에서 흔히 말하는 양신(養神)이라는 것과 대비되는 존재가 음혼(陰魂)이다.

종리찬의 말대로라면 그 음혼전이법이라는 술법으로 술자의 음혼을 타인의 몸에 집어넣어서 자신의 뜻대로 움직일 수 있는 것은 물론이거니와 무공까지도 펼칠 수 있게 된다고 했다.

물론 이 모든 게 종리찬의 말이 사실이라는 전제하의 이야기였고, 이신은 그것이 사실이라고 확신했다.

단순히 스승의 말을 잘 듣는 제자라서가 아니라 복면인이 나타났을 때 느꼈던 몇 가지 위화감이 그 믿음의 밑바탕이 되었다.

우선 복면인이 펼친 무공들만 놓고 봤을 때, 화경의 수준마저 초월한 이신의 이목을 속이기에 충분하다고 보기 어려웠다.

그나마 쓸 만하다고 여겨진 전륜갑이란 무공도 겨우 사륜의 경지로 배가시킨 공격에 속수무책으로 무너진 것만 봐도 그 사실은 명백했다.

의아한 것은 그럼에도 불구하고 복면인이 직접 목소리를 내기 전까지 이신은 그의 존재를 전혀 눈치채지 못했다는 사실이다.

단순히 은신술이나 경신술이 뛰어나서라고 하기엔 이어진 이신의 공격을 피해지 못했다는 점이 걸렸다.

거기다 사도길의 갑작스러운 죽음 역시도 뭔가 석연찮았다.

그것은 외부에서 공격을 가했다기보다는 자기 멋대로 체내의 기운이 폭주한 쪽이 가까웠다.

마치 자신도 모르던 금제법의 영향을 받기도 한 것처럼 말이다.

당시에는 달아나는 또 하나의 복면인에게 신경 쓰느라고 미처 거기까지 생각이 미치지 못했지만, 곰곰이 생각해 보니 확실히 이상한 게 한두 개가 아니었다.

'어쩌면 그 복면인은 음혼전이법을 펼친 술자 본인일지도 모르지.'

이신이 쓰러뜨린 강유는 어디까지나 그의 분신 혹은 꼭두 각시에 불과했다.

이번 일의 뒤에는 또 다른 배교의 후예가 관련되어 있을 확률이 높다고 당시의 모든 정황이 말하고 있었다.

그리고 이신은 또 하나의 가능성 역시도 열어두고 있었다.

'어쩌면 금와방의 뒤에도 그들이 연관되어 있는 건 아닐까?'

사도길과도 연관되었으니, 금와방이라고 해서 반드시 연관되지 말란 법은 없었다.

아니, 오히려 관련되어 있을 가능성이 크다고 봐야 했다.

다름 아닌 이신의 육감이 그리 말하고 있었다.

그렇게 여기는 데에는 금와방의 예상 밖의 행보도 한몫했다.

곰곰이 생각해 보니 특정 조직 등에서 자신의 정체나 흔적을 감추기 전에 신변 정리를 할 때의 과정과 유사했다.

금와방이 갑자기 그렇게 할 이유가 뭐란 말인가?

하필이면 막내아들 능위군이 죽은 날을 기점으로 이런 움직임을 보인다는 게 무척 수상쩍었다.

'아무래도 직접 확인해 봐야겠군.'

그런 이신의 결심은 빠르다면 빨랐지만, 애석하게도 벌써 사흘이나 지난 뒤였다. 그리고 그 정도의 시간은 예상 밖의 변수를 만들기에 충분했다.

"응?"

이신의 고개가 갑자기 한쪽으로 향했다.

뜬금없는 그의 행동에 유지광이 의아해 하였으나, 이신은 전혀 신경 쓰지 않았다.

그보다는 멀리서 느껴지는, 그렇지만 똑바로 운중장 쪽을 향해서 천천히 다가오는 기척에 집중했다.

'호오, 이것 봐라?'

유지광은 몰랐지만, 그가 잠든 사이에 이신은 운중장 주변에다 간단한 기문진을 이중삼중으로 설치해 놨다.

물론 그렇게 대단한 수준의 것은 아니었지만, 웬만큼 기진에 밝은 자가 아니라면 길을 잃고 헤매게 되는 기문진이었다.

그런 기문진을 헤매기는커녕 차례차례 돌파하면서 안으로 들어오다니, 결코 평범하다고 볼 수 없는 일이었다.

게다가 이 진행 속도는 그저 단순히 기문진에 대한 지식만 밝아서는 불가능했다.

놈은 무공을 익혔다.

그것도 그냥 익힌 것도 아니었다.

'정파, 그것도 도가 쪽 냄새가 풀풀 나는데? 어디의 누구인지는 몰라도 제대로 배운 놈이군.'

이신의 입꼬리가 저도 모르게 올라갔다.

물론 유지광은 이신의 미소가 무슨 의미인지 전혀 짐작할 수 없었다.

그와 동시에 마침내 예의 기척은 운중장 근처에까지 이르렀다. 이신이 설치해 둔 기진을 완전히 다 돌파한 것이다.

이에 이신은 속으로 박수를 치면서 대문 쪽으로 발길을 돌렸다.

"혀, 형님?"

자신을 부르는 유지광의 음성에 이신은 뒤도 돌아보지 않은 채로 말했다.

"아무래도 손님이 도착한 모양이군."

"네?"

무슨 소리인지 모르겠다는 유지광의 얼굴을 한번 일변한 뒤 이신을 가볍게 발을 굴렀다.

그러자 눈 깜짝할 새에 이신의 신형이 유지광의 시야에서 사라졌다.

작은 파공성조차 들리지 않을 만큼 조용하고 은밀한 그의 움직임에 유지광의 입이 쩍 벌어졌다.

사라진 이신의 모습이 다시 나타난 것은 아래가 한눈에 내려다보이는 지붕 위였다.

그 위에 가벼이 착지한 이신의 눈에 이채가 떠올랐다.

대문 앞.

그곳에 서 있는 것은 기껏해야 유지광의 또래로밖에 안 보이는 젊은 청년이었다.

청년의 외모는 준수한 것을 넘어서 여인을 연상케 할 만큼 아름답고 얼굴선 또한 고왔다.

그러나 잘 발달된 체구와 맑은 정광이 어린 두 눈은 그가 제대로 된 정종심법을 익힌 무인임을 증명하고 있었다.

또한 태극 문양이 등 뒤에 새겨진 청색 도포 차림과 등 뒤에 비스듬히 메고 있는 송문검은 능히 그의 신분을 짐작케 했다.

무당파의 신룡이자 현 장문인이 직접 제자로 들일 만큼 욕심을 낸 기재 중의 기재!

운검의 등장이었다.

第二章
내자불선(來者不善)

　대문 앞까지 당도한 운검은 순간 움찔하면서 멈춰섰다.

　그의 발걸음을 멈추게 만든 것은 반파되다시피 한 운중장의 전경이었다.

　남들 같으면 그 처참한 모습에 눈살부터 찌푸렸을 테지만, 운검의 반응은 달랐다.

　'검기의 소용돌이, 그것도 한 사람이 남긴 흔적이라니.'

　놀랍게도 그는 장원 외곽에 남아 있는 흔적만 보고도 그것이 검기의 소용돌이, 즉 유하만천의 초식에 의해서 파괴된 것임을 한눈에 알아봤다.

　뿐만 아니라 그 모든 것이 단 한 사람에 의해서 비롯된 것이라는 것까지도 꿰뚫어봤다.

실로 놀라운 통찰력이 아닐 수 없었다.

또한 그것은 운검의 무위가 최소 이기상인의 경지는 넘어섰다는 증거이기도 했다.

애당초 검기를 사용하는 자가 아니라면 운중장 곳곳에 남아 있는 파괴의 흔적이 모두 검기에 의한 것임을 알아보는 것 자체가 불가능한 일이었으니까.

하지만 놀라움은 거기서 끝나지 않았다.

"크윽……!"

갑자기 운검의 전신을 옥죄어오는 무형의 기세.

처음에는 가랑비처럼 미비해서 신경조차 쓰이지 않았지만, 어느덧 운검은 물속에 잠긴 것처럼 전신이 무거워진 것을 뒤늦게 깨달았다.

'놀랍군.'

이곳까지 오는 과정에서 돌파한 기문진들도 보통이 아니었건만, 지금 그의 전신을 옥죄어오는 무형의 기세에 비하면 새발의 피였다.

내심 운검은 감탄을 금치 못했다.

'자고로 천하는 넓고 기인기사들은 모래알처럼 많다. 그러므로 결코 자만하지 말라고 스승님께서 누누이 말씀하셨지만… 설마 이런 곳에서 이 정도의 고수를 만나게 될 줄이야!'

단순히 기세만으로 그를 멈춰 세울 수 있는 사람이 과연 몇

이나 될까?

기껏해야 무당파 본산에 있는 그의 스승, 무당제일검(武堂第
一劍) 청허자나 장로원에서 머물고 있는 몇몇 사백조 정도일
것이다.

만만치 않은 고수를 만나게 되어서인지 운검의 등 뒤로 절
로 식은땀이 주르륵 흘러내렸다.

하지만 그와 동시에 그는 기이한 열망에 휩싸였다.

모순되게도 그것은 호승심이었다.

'과연 나의 검이 어디까지 통하는 상대일까?'

겨우 기세를 접한 것만으로 운검으로 하여금 이런 생각을
품게 만들다니.

만약 스승인 청허자가 알았다면 경악을 금치 못했을 것이
다.

그가 아는 운검은 겸허하면서 또한 함부로 남과 다투지 않
는 성정이었다.

그런 그가 스스로 타인과의 싸움을 바라다니.

도가의 일맥을 이었다고는 하지만, 그 또한 엄연히 뜨거운
무인의 심장을 가졌음을 입증하는 순간이었다.

하지만 그간의 정신 수양이 마냥 헛된 게 아닌 듯 운검은
한차례 숨을 내쉼으로서 제멋대로 요동치는 심장을 조금이나
마 진정시켰다.

그와 함께 온몸의 힘을 축 빼버리고는 이제까지와 정반대

로 전신을 옥죄어오는 기세에 온몸을 맡겨 버렸다.

얼핏 보기엔 모든 걸 포기하고 자신을 놔버린 듯한 무책임한 모습이었으나, 사실 이것이야말로 자신보나 강한 상대의 기세에 대응하는 올바른 대처법이었다.

거세게 불어오는 비바람을 미련하게 버티면서 막기보다 유연하게 흘려보내는 편이 훨씬 피해가 적은 것과 일맥상통했다.

그런 가운데 운검의 고개가 천천히 위로 향했다. 기세의 발원지는 다름 아닌 그의 머리 위였기 때문이다.

내내 그를 관찰하던 이신은 저도 모르게 탄성을 내뱉었다.

'호오, 어린놈이 제법이군.'

보통의 경우에는 어떻게든 기세에 저항하려고 할 뿐, 운검처럼 아예 기세의 흐름에 순응하는 경우는 드물었다.

무엇보다 경험을 통해서가 아닌 본능적으로 그리 행했다는 사실이 가장 놀라웠다.

이는 무당파의 모든 무학에서 궁극적으로 추구하는 사기종인(捨己從人)의 이치와도 일부 상통하는 바가 있었다.

심지어 더욱 놀라운 것은 그 와중에 자신의 위치마저 파악했다는 사실이었다.

'간만에 제대로 된 놈이군.'

왜 이곳에 무당파의 제자가 왔느냐에 대한 의문은 들지 않았다.

금와방주가 사문인 무당파에다 도움을 요청했을 가능성이 높았고, 그 외에는 달리 운검이 이곳 무한에까지 올 이유가 없었으니까.

　'더 자세한 것은 직접 물어보면 그뿐.'

　이신은 지금까지 분출하고 있던 무형의 기세를 즉각 거둬들였다. 그러고는 곧장 운검 앞에 모습을 드러냈다.

　"무당파에서 왔나?"

　갑작스러운 등장과 함께 이신이 불쑥 질문을 던졌다.

　이에 당황할 법도 하건만, 운검은 전혀 당황하는 기색 없이 고개를 끄덕였다.

　"그렇습니다. 혹 귀하가 정천관주이십니까?"

　그의 말에 이신은 피식 웃으면서 말했다.

　"설마 천하의 무당파 제자가 나를 알고 있다니. 이걸 영광이라고 해야 하나?"

　살짝 비꼬는 듯한 이신의 반문에도 운검은 기분 나쁘다는 기색은커녕 진지한 표정으로 말했다.

　"아닙니다. 오히려 제가 더 영광이지요. 설마 관주님께서 이 정도의 고수이셨을 줄이야… 예상 밖이군요. 덕분에 제 좁은 안계가 넓어졌습니다."

　"호오?"

　감탄사와 함께 이신의 눈이 가늘어졌다.

　'이놈, 진심인가?'

단순히 잘 보이려고 하는 말 같지는 않았다.

그렇게 여기기엔 이신을 바라보는 운검의 표정이 필요 이상으로 진지했으니까.

이신이 자신을 이상하게 바라보거나 말거나 운검은 이신의 허리춤에 걸려 있는 영호검을 한 번 일별한 뒤 말했다.

"실례가 안 된다면, 한 가지만 질문해도 되겠습니까?"

"얼마든지."

이신이 선뜻 승낙하기 무섭게 운검의 입에서 뜻밖의 물음이 튀어나왔다.

"이곳에 남겨진 검기의 흔적들, 혹시 관주님의 솜씨입니까?"

'호오, 다짜고짜 그걸 물어보는 건가? 거기다 말하는 투로 봐서는 유하만천의 흔적을 알아본 것 같은데, 이거 점점 더 마음에 드는걸?'

하지만 그런 마음과 별개로 이신은 피식 웃으면서 말했다.

"재미있는 질문이군. 하지만 그 전에 뭔가 자신이 간과한 사실이 있다는 걸 모르겠나?"

"제가 간과한 사실이라고요?"

운검이 도통 모르겠다는 표정을 되묻자 이신은 자신의 등 뒤를 가리켰다.

"보기엔 이래도 여긴 엄연히 내 집이라고. 세상에 어떤 집주인이 제 손으로 자기 집을 부수지? 그것도 이렇게 인정사정없이 말이야. 상식적으로 말이 된다고 보나?"

"······."

운검은 일순 꿀 먹은 벙어리가 되고 말았다.

확실히 이신의 말 대로였다.

생각이 제대로 박힌 자라면 자기 집을 스스로 이런 꼴로 만들 리 없었다.

검기의 흔적에만 집중하느라 미처 그런 기본적인 것에까지 생각이 미치지 못했다는 사실에 운검은 꽤나 낯 뜨거워졌다.

그런 그의 모습을 바라보면서 이신은 의미심장한 미소를 지었다.

'역시나 그렇군.'

왜 운중장이 이리 피폐해졌냐 보다 운중장에 남겨진 유하만천의 흔적에 더 관심을 기울일 때부터 어느 정도 짐작하긴 했지만, 지금 운검은 비정상적일 정도로 무공에 대한 관심이 남달랐다.

그 증거로 그는 이신에게 대놓고 그가 남긴 흔적이냐고 물었다.

이는 유하만천의 흔적이 이신 정도의 고수가 아니면 절대 남길 수 없는 상승의 기예라고 판단한 것이고, 그게 아니라면 결코 던질 수 없는 물음이었다.

운검이 보통 사람은 상상할 수 없을 만큼 무에 관한 열의와 관심, 그리고 날카로운 식견을 가지고 있기에 가능한 것이었다.

'하긴 그렇지 않고서야 저 나이에 저 정도의 실력을 쌓기란 요원한 일이긴 하지. 물론 깊이 파고들면 그게 다가 아니지만 말이야.'

과거에도 무당파와 같은 명문대파나 세가에는 운검처럼 촉망받는 천재나 기재들은 존재했다.

하지만 그중에서 끝까지 살아남아서 절정을 넘어선 화경급 이상의 경지에 오른 고수는 생각 외로 그리 많지 않았다.

아니, 오히려 절정에 다다를 즈음에서 도태되는 경우가 허다했다.

벽(壁).

그렇게밖에 표현할 수 없는 정체의 순간을 맞이하기 때문이다. 그리고 그 벽을 뛰어넘은 자들에게는 무조건이라고 할 수 있을 정도로 공통적인 부분이 존재했다.

바로 어떠한 것에 대한 순수한 것을 넘어설 정도로 광기에 젖은 집착!

그것이 절대적이라고 할 수 있는 절정의 벽마저 넘어서서 화경의 경지에 오르는 원동력으로 작용한 것이다.

실제로 이신 역시도 그러했기에 잘 아는 사실이었다.

'과연 넌 어느 쪽일까?'

그저 촉망받는 기재에서 끝날 것인가? 아니면 그 이상을 바라볼 것인가?

현재 운검은 바로 그 중요한 기로의 한복판에 놓여 있었다.

그래서 이신은 알 수 있었다.

운검이 진심으로 원하고, 또한 이신에게 바라는 게 무엇인 지를.

'나와 싸우고 싶은 거군.'

자고로 한 번의 실전이 백 번의 수련보다 더욱 많은 것을 깨닫게 한다. 하물며 상대가 자신보다 월등한 실력의 고수라 면 말해서 무엇 하랴.

벽을 마주하고 있는 운검의 입장에서는 지푸라기라도 잡고 싶은 심정일 터. 그 심정이 이해가 가면서도, 한편으로는 의문 을 떨칠 수 없었다.

'이상하군.'

확실하지 않지만, 운검의 이번 하산행은 어디까지나 금와방 과 자신과의 일을 해결하기 위함일 터였다.

한데 운검은 이를 제쳐 두고 자신의 개인적인 일에만 매달 리고 있다.

그가 무당파를 대표해서 온 인물이라는 점을 감안하면 결 코 간과할 수 없는 사실이었다.

'혹시 무당파 측에서는 이 이상 사태를 악화시키고 싶지 않 다는 것일까.'

어쩌면 운검을 보낸 것 자체도 마냥 무력으로 해결한다기보 다는 중간에서 양측을 화해시키는 중재자 역할로서 보낸 것 일지도 모른다.

물론 섣불리 단정 지을 수는 없지만, 아예 가능성이 없는 이야기도 아니었다.

문제는 무당파 측에서 굳이 그렇게까지 해야 할 이유가 있냐는 점이었다.

누가 생각해도 무력으로 해결하는 편이 훨씬 간단하고, 또 속가문파라고 할 수 있는 금와방의 체신을 세워주기도 용이하다.

굳이 무당파가 자신과 금와방 간의 사이를 중재할 이유가 뭐란 말인가?

'뭔가 있어.'

그게 뭔지는 알 수 없었다.

더 자세한 건 운검에게 직접 물어보는 수밖에 없었다.

막 이신이 입을 떼려는 찰나였다.

"응?"

이신의 고개가 한쪽으로 향했다. 운검도 한 박자 늦게나마 이신이 바라보는 방향으로 고개를 돌렸다.

'이 기척은?'

운중장을 향해서 다가오는 기척.

기도 자체만 놓고 봐도 삼류 나부랭이가 아닌 제대로 무공을 익힌 고수였다. 뿐만 아니라 그 뒤를 수십 명의 무인이 따르고 있었다.

한 번에 이 정도의 인원을 동원할 수 있는 세력은 무한 내에서도 그리 많지 않았다.

'설마?'

얼마 지나지 않아서 저 멀리서 한 무리의 사내들이 걸어오는 게 보였다.

그들이 입고 있는 백색 무복의 오른쪽 가슴팍 위에 교차하는 두 자루의 검 문양과 함께 흘림체로 수놓아진 맹이라는 글씨가 눈에 들어왔다.

운검이 의아한 얼굴로 중얼거렸다.

"무림맹?"

정확히 말하자면 그들은 청검대보다 한 단계 위인 백검대(白劍隊) 소속의 무인들이었다.

삼류에서 이류급으로 구성된 청검대와 달리 백검대는 평균적인 무력이 최소 일류 이상이었다.

한마디로 그들이야말로 무림맹의 정예 병력이라 할 수 있었다.

하지만 그런 백검대를 무시한 채 이신의 시선은 맨 앞에 우두커니 서 있는 염소수염의 중년인에게 못 박은 듯 고정되어 있었다.

'저자를 이런 곳에서 보게 될 줄은 몰랐군.'

단혼창(斷魂槍) 악무호.

산동악가 출신의 무인으로 지난 정마대전에서 제법 이름을 날린 절정고수였다.

물론 지닌 바의 실력에 비해서 무림맹 내에서 차지하고 있는 그의 위치는 의외로 그리 높지 않았다.

악무호는 정파인답지 않게 자신의 잇속부터 챙기는 성향의 소유자였다.

실제로 과거 총단에 있던 시절부터 각종 비리에 엮이는 일이 허다할 지경이었다. 오죽하면 세간에서는 본래의 별호보다도 탐전창(貪錢槍)이라는 정파인스럽지 않은 별호로 더 유명할까?

그런 그이기에 권력의 중심에서 한참 멀다고 볼 수 있는 이곳 무한지부에 부임해 있는 것도 어찌 보면 다 자업자득이라 볼 수 있었다.

'그나저나 무림맹에서 무슨 일로 여기에 온 거지?'

줄곧 이신의 뇌리에서 떠나지 않는 의문이었다.

수하들까지 우르르 데리고 온 걸로 봐선 결코 좋은 일이라고 보기는 어려웠다.

때마침 운검도 비슷한 의문을 떠올린 듯 정중하게 포권을 취하면서 말했다.

"무당의 운검이라고 합니다. 실례가 안 된다면 대협의 존성대명을 알 수 있겠는지요?"

정중하기 짝이 없는 운검의 말이 끝나기 무섭게 백검대 무인들 사이에서 자그마한 소란이 일어났다.

"무, 무당파? 정말인가?"

"그러고 보니 입고 있는 도복도 그렇고, 저거 송문고검 맞지?"

"아니, 그보다 운검자라면 분명 현재 무당파 장문인의 제자이면서 다음 대 무당제일검으로 예정된 그 천재 아닌가?"

"왜 이런 곳에……?"

수하들의 소란과 함께 악무호의 표정도 살짝 굳어졌다.

그 역시 무당파의 천재이자 차세대 무당제일검으로 거론되는 운검에 대해서 풍문으로 들어본 바 있었다.

하지만 백검대주라는 지위를 거저 얻은 게 아닌 듯 금세 평정을 회복하면서 말했다.

"반갑네. 무림맹 무한지부의 백검대주를 맡고 있는 악무호라고 하네."

"아, 악 대협이셨군요. 만나서 반갑습니다."

운검은 깍듯하게 포권을 취했다.

누가 봐도 정중한 그의 모습에 악무호도 덩달아 마주 포권을 취했다.

그렇게 간단한 통성명을 끝나기 무섭게 운검이 말을 이었다.

"그나저나 악 대협께서는 무슨 일로 이곳까지 오신 겁니까? 만약 실례가 안 된다면 말씀해 주실 수 있는지요?"

"음."

악무호는 대답 대신 나지막하게 침음을 흘렸다.

운검은 별거 아닌 듯 말했지만, 어찌 보면 그의 질문은 꽤나 민감한 부분을 건드렸다.

그렇다고 구내문파 중 하나인 무당파, 그것도 현 장문인의 제자인 운검의 질문을 마냥 무시할 수도 없었다. 하물며 자신의 신분까지 제대로 밝힌 상황이 아닌가.

하나 그렇다고 해서 무작정 그의 물음에 순순히 대답한다면 그건 그거 대로 정파를 대표하는 무림맹의 입지가 구대문파보다 아래라고 자인하는 꼴이었다.

이러지도 저러지도 못하는 가운데 운검과 악무호 사이로 무거운 침묵이 내려앉았다.

그렇게 어느 쪽도 쉬이 입을 열지 못하는 가운데, 뜻밖의 인물이 장내의 침묵을 깨뜨렸다.

"형님, 도대체 누가 찾아왔기에 그러시… 응?"

그는 다름 아닌 유가장의 소가주, 유지광이었다.

'뭐, 뭐지?'

졸지에 모든 이들의 시선이 자신에게로 쏠리자 유지광은 내심 당황을 금치 못했다.

더욱이 악무호가 갑자기 두 눈을 번뜩이면서 바로 지척까지 다가오자 당혹감은 배가되었다.

"자네, 유지광 맞지? 얼마 전까지 본 맹의 청검대 소속이었던 유가장의 소가주."

"아, 네… 그렇긴 합니다만. 선배님께선 누구신지……?"

유지광의 물음에 악무호는 대번에 위에서 내려다보는 시선으로 말했다.

"나 백검대주일세."

이름 석 자는커녕 달랑 자신의 신분만 말하는 게 전부였다.

자못 불성실하기 짝이 없는 설명이었지만, 정작 악무호는 그 이상의 설명이 군이 필요하냐는 얼굴이었다.

실제로 그의 말이 끝나기 무섭게 유지광의 눈이 휘둥그레졌다.

'배, 백검대주? 아니, 그렇게 높으신 분이 왜 나를……?'

백검대와 청검대는 말만 같은 무림맹 소속일 뿐, 실상 청검대 무인들은 너 나 할 것 없이 백검대 무인들에게 등한시되는 게 현실이었다.

그만큼 둘 사이에는 실력으로나 명성으로나 감히 넘어설 수 없는 벽이 존재했다.

한데 그런 백검대의 수장씩이나 되는 악무호가 청검대 소속의, 그것도 잘린 지 오래인 자신을 알아본다?

암만 생각해도 부자연스러우면서 수상쩍기 그지없었다.

그러는 사이, 악무호의 말이 이어졌다.

"자네에게 긴히 물어볼 말이 있네. 괜찮다면 지부까지 함께 해 줄 수 있겠나?"

말투만 보자면 권유였지만, 악무호의 말이 끝나기 무섭게 그의 뒤에 서 있던 백검대의 무인들이 저마다 자신의 병장기로 손을 가져갔다.

순순히 안 따라오면 강제로라도 끌고 가겠다는 노골적인 위협이었다.

예전의 유지광이라면, 이 정도 위협만으로도 겁을 집어먹는 것은 물론이거니와 무력하게 악무호의 뒤를 따라 가고도 남았다.

하지만 작금의 그는 달랐다.

유지광은 백검대 무인들을 한차례 일별한 뒤, 악무호의 눈을 똑바로 쳐다보면서 말했다.

"제가 왜 그래야 하죠?"

"허, 왜 그래야 하냐고? 자네 설마 상황 파악이 안 되는 건가?"

악무호가 슬쩍 눈살을 찌푸리면서 되물었다.

한낱 청검대 소속의 무인 따위가 감히 백검대주인 자신의 말에 토를 단다?

결코 있을 수 없는 일이었다.

단숨에 악무호의 눈매가 매서워지면서 그의 몸에서 위협적인 기파가 흘러나왔지만, 유지광의 반응은 잠깐 움찔하는 게 전부였다.

이에 악무호는 눈에 띄게 당황했다.

기껏해야 일류도 안 되는 실력의 애송이가 자신의 기파를 정면에서 아무렇지 않게 받아 넘기다니.

하긴 그가 알 턱이 없었다. 운중장에 머무르는 동안 유지광이 하루도 빠짐없이 이신의 살기를 온몸으로 받아들였다는 사실을.

하물며 사흘 전의 사투를 통해서 유하만천의 초식을 완성함으로서 유지광 본인의 무위도 일류를 훌쩍 넘어섰다. 그런 그를 한낱 기파 따위로 제압하려고 하는 것 자체가 우스운 일이었다.

유지광은 한 점의 흐트러짐도 없이 단호한 어조로 말했다.

"오히려 상황 파악이 안 되는 건 백검대주님 같습니다만?"

"뭣이? 이놈이 보자보자 하니까……!"

"잊으셨습니까?"

악무호가 욱한 듯 바로 언성을 높이려고 했지만, 그보다 한 발 먼저 유지광이 그의 말을 끊으면서 말했다.

"전 이미 청검대를 관둔 상태입니다. 말하자면 부외자, 딱히 백검대주님의 아랫사람도 뭣도 아닙니다. 더욱이……."

유지광은 악무호의 눈을 똑바로 바라봤다.

그것은 약자나 신출내기가 아닌 자신만의 신념을 담고 있는 한 무인의 눈빛이었다.

이에 악무호는 저도 모르게 움찔했고, 그와 동시에 유지광은 마저 말을 이었다.

"저는 유가장의 소가주입니다. 엄연히 한 방파의 후계자를 이런 식으로 제대로 된 설명도 없이 강제로 끌고 가려고 하다니. 정녕 본 장에서 가만히 있을 거라고 생각합니까? 아니, 본 장은 그렇다 쳐도 과연 이를 두고 세간에서 뭐라고 할까요?"

"으음……!"

악무호가 일순 허를 찔린 듯 표정 관리가 안 되더니 이윽고 저도 모르게 침음을 내뱉었다.

무림맹이 저잣거리의 한낱 왈패 집단도 아니고 엄연히 정파 무림을 대표하고 있는 이상, 세간의 평이나 이목을 가벼이 여길 수 없는 것은 당연지사였다.

더욱이 비록 지금은 쇠락했다고는 하나, 유가장은 엄연히 오랫동안 무한에 자리잡아온 명문 무가.

그런 무가의 후계자를 이렇다 할 명분 없이 강제로 데려간다면 필시 뒷말이 나올 게 불 보듯 뻔했다.

이렇듯 유지광이 뜻밖의 정론을 늘어놓자 악무호도 섣불리 손을 쓸 수가 없었다.

뭣보다 지금 이 자리에는 유지광뿐만 아니라 이신과 운검도 함께 있었다.

이신은 그렇다 치더라도, 운검은 자그마치 무당파 장문인의 제자.

무림에서 차지하는 비중이나 영향력만 놓고 보자면 지금 이 자리에 있는 어느 누구보다 높았다.

그런 그를 무시한 채 일을 멋대로 진행하기란 사실상 불가능한 일이었다.

'한낱 애송이인 줄 알았더니……'

아무래도 자신이 너무 유지광을 만만히 본 것 같았다.

그에 대한 반성과 함께 악무호는 한차례 헛기침을 한 뒤 말했다.

"허, 허음! 드, 듣고 보니 유 공자 자네의 말에도 일리가 있군. 내 지금이라도 사과하지. 하지만 너무 안 좋게만 생각하지 말게나. 실은 지금 자네에게 어떠한 혐의가 걸려 있기 때문에 그랬던 거니까."

"혐의? 대관절 그게 무슨 말입니까?"

자신을 살살 달래면서 은근슬쩍 책임 회피를 하려는 건 아무래도 좋았다.

그보다는 악무호가 말하는 혐의가 무엇인지가 더 신경 쓰였다. 대체 무슨 혐의이기에 이렇게 사람을 다짜고짜 끌고 가려는 걸까?

이어지는 악무호의 말이 유지광의 의문을 일부 해소해 주었다.

"현재 실종 처리된 금와방의 능위군 공자에 대한 살해 혐의일세."

"살해 혐의라고요?"

유지광의 눈이 저도 모르게 커졌다. 그가 뭐라고 말문을 열기도 전에 악무호의 말이 이어졌다.

"물론 어디까지나 정황상 그리 보는 것일 뿐, 정확한 것은 아무것도 없네. 어디까지나 조사를 위해서일 뿐, 결단코 자네에게 해가 되는 일은 없을 테니 너무 걱정하지 말게나. 내 본 맹의 이름을 걸고 맹세하지."

"……"

어디까지나 조사를 위해서라고 말했지만, 유지광은 그 말을 순진하게 믿지 않았다.

조사?

물론 하긴 할 것이다.

한데 그것이 조사를 빙자한 심문일지 아닐지 어찌 장담할 수 있단 말인가?

예전에 청검대 소속으로 활동할 때부터 유지광은 어렴풋이 느끼고 있었다. 무림맹이라고 해서 늘 언제나 공명정대하게 일을 처리하지 않는다는 것을.

그것은 그가 약소문파 출신이기에 느끼는 차별과 멸시와도 무관하지 않았다.

결정적으로 지난날 이화반점에서 능위군에게 빌붙은 동료들의 배신을 몸소 겪었던 유지광이다.

심지어 불과 며칠 전에는 자신의 의사와 상관없이 청검대에서 잘리기까지 한 터라 무림맹에 대한 신뢰는 그야말로 바닥을 긴다고 해도 과언이 아니었다.

무심코 그때의 일들을 떠올려서일까?

유지광은 저도 모르게 싸늘한 얼굴로 악무호를 바라보며 말했다.

"그렇다면 더욱 곤란하군요. 명백한 증거도 없이 사람을 데려가려고 하다니. 관부에서도 이런 식으로 일을 처리하지 않을 겁니다."

"아니, 그러니까 그냥 협조만 해도 된다는 거 아닌……."

유지광의 적나라한 비난에 악무호는 식은땀을 흘리면서 어떻게든 그를 설득하려고 했지만, 유지광은 그의 말을 중간에서 딱 잘라 버렸다.

"더욱이 지금 제 몸 상태가 썩 좋은 편이 아니라서 이 이상의 대화는 힘들 것 같군요. 죄송하지만, 더 할 말이 남아 있으시다면 본 장에 정식으로 요청해 주시길."

"……!"

유지광의 명백한 축객령에 악무호의 얼굴이 단숨에 붉어졌다.

화가 난 것은 그뿐만이 아니었다.

두 사람의 대화를 지켜보던 백검대의 무인들의 표정이 여느 때 이상으로 살벌해졌다.

그렇게 장내의 공기가 무거워진 가운데, 속이 부글부글 끓어오르는 것을 애써 참으면서 악무호는 가까스로 입을 열었다.

"유 공자, 왜 쉬운 길을 군이 어렵게 가려고 하는 건가? 애당초 이번 일이 이렇게 서로 얼굴을 붉힐 만한 일이라고 생각하나? 아니면……."

잠시 말을 멈춘 뒤, 악무호가 은근한 음성으로 말했다.

"정말로 자네가 능 공자를 죽이기라도 했단 말인가?"

그의 말을 듣자마자 이신의 입꼬리가 올라갔다.

'과연 썩어도 준치라고. 늙은이가 제법 세치 혀를 잘 굴리는군.'

악무호의 말대로 하자면 유지광이 그를 따라가지 않으면 스스로 능위군을 살해한 범인이라고 인정하는 꼴이 된다.

즉, 사실 여부를 떠나서 유지광으로 하여금 괜한 오해를 받지 않기 위해서라도 악무호를 따라야 하는 상황을 만든 것이다.

무림에서 전해지는 말 가운데 신병이기나 절세신공보다 위험한 것이 사람의 세 치 혀라고 하더니 그 말이 딱 들어맞았다.

남은 것은 이에 유지광이 어찌 반응하느냐는 것뿐, 그에 따라서 상황은 크게 달라질 터다.

잠시의 침묵 후, 유지광의 닫혀 있던 입이 천천히 벌어졌다.

"가령 말입니다……."

유지광은 말끝을 살짝 흐리면서 뜸을 들였다.

그런 그의 이어지는 말에 귀를 기울이려는 순간, 유지광의 손이 번개처럼 움직였다.

타다다닥— 투다다!

순식간에 교차하는 유지광과 악무호의 손!

그 어지러운 궤적 사이로 악무호의 당황한 얼굴이 보였다.

"이, 이놈이! 대체 무슨 짓이……!"

스릉—!

악무호의 말이 채 끝나기도 전에 유지광이 검집에 있던 검을 꺼내 들었다.

쉬익— 쇄애액—!

은빛 검광이 바람을 가르면서 연신 눈앞을 어지럽히자 하는 수 없이 악무호 역시 가만히 있을 수 없었다.

그는 품안에서 일곱 마디로 나뉜 철편을 꺼내들었다.

순식간에 조립된 철편은 금세 칠 척(尺 : 30㎝)에 달하는 기다란 창대로 변했고, 그 끝에 날카로운 단검을 꽂자 어엿한 장창으로 탈바꿈했다.

그의 애병이자 별호이기도 한 단혼창이었다.

완성된 단혼창으로 날아오는 검광을 튕겨내는 악무호, 이윽고 묵빛의 창대가 크게 휘어지더니 유지광의 허리를 힘껏 후려쳤다.

카캉!

장내에 울려 퍼지는 둔탁한 쇳소리!

유지광이 악무호의 공격을 검배(劍背)로 흘려 막은 것이었다.

거기서 그치지 않고 창대를 비스듬하게 거슬러 올라가더니 그대로 악무호의 눈썹 사이, 정확히는 사혈 중 하나인 인당혈(印堂穴)을 향해서 검을 찔러댔다.

하지만 악무호는 당황하는 기색 하나 없이 손목을 살짝 비틀었다.

그러자 합쳐져 있던 창대가 일곱 마디의 철편으로 나뉘더니 이내 뱀처럼 유지광의 검을 휘감아 버렸다.

그 상태서 유지광의 검을 빼앗으려고 힘을 줬는데, 뜻밖에도 유지광이 그의 힘이 이끄는 대로 쉬이 딸려왔다.

악무호의 힘에 거스르지 않고 오히려 그것을 역이용해서 서로 간의 간격을 줄이려는 속셈이었다.

어디까지나 창과 같은 장병기(長兵器)를 상대할 때는 가급적 거리를 좁혀서 무기를 휘두를 틈조차 주지 말라는 보편적인 가르침에 충실한 대응이었으나, 그것이 오히려 악무호의 화를 돋웠다.

"크윽, 건방진……!"

악무호는 즉시 손목을 반대로 꺾었다.

그러자 유지광의 검을 휘감고 있던 일곱 마디의 철편이 도로 합쳐졌고, 느닷없이 자유를 되찾은 유지광의 몸이 일순 뒤흔들렸다.

그 틈을 놓치지 않고 악무호는 연달아 창을 마구 찔러댔다.

간발의 차로 아슬아슬하게 창격을 피하는 유지광.

하지만 화려한 찌르기 뒤에 가려진 악무호의 발길질까지 피하지는 못했다.

펵!

유지광은 실 끊어진 연처럼 맥없이 날아갔고, 허공을 유영하는 그의 신형을 눈으로 쫓던 악무호가 냅다 바닥을 박찼다.

순식간에 그가 유지광을 따라잡았다고 느낄 찰나, 난데없이 눈부신 은빛 검광의 파도가 그의 시야를 가득 뒤덮었다. 도중에 정신을 차린 유지광이 몸을 반전시키면서 검을 휘두른 것이다.

채채채챙!

악무호는 서둘러 창을 분리해서 신형을 감싸듯 방어했으나, 원체 허겁지겁 펼친 터라 완벽하게 방어하기란 어려웠다.

덕분에 그의 몸에는 적잖은 생채기가 생겨났고, 이로써 두 사람은 서로 사이좋게 한 번씩 공방을 주고받은 셈이 되었다.

마주보면서 숨을 고르는 가운데, 악무호는 내심 놀라움을 금치 못했다.

'이놈이 정말로 그 유가장의 소가주가 맞단 말인가? 이 정도면 충분히 오대세가의 후기지수와 견줘도 될 만한 실력이거늘.'

조금 전의 짧은 공방을 통해서 유지광이 보여준 실력은 결코 삼류 나부랭이의 것이 아니었다.

못 해도 일류는 넘어서는 완숙한 경지였다.

이 정도 실력의 소유자가 어찌 그간 청검대에만 머물러 있었는지 의아할 지경이었다.

한편 유지광 역시도 내심 스스로에게 놀라고 있었다.

'보인다. 백검대주의 움직임이……!'

일전에 능위군 등과의 실전을 거치면서 저도 모르게 성장한 것일까?

유지광은 자신보다 고수인 악무호의 움직임을 어렴풋이나마 눈으로 쫓고 있었다.

예전이라면 결코 있을 수 없는 일.

심지어 온몸의 내력도 충만한 상태라서 좀체 지칠 기미가 보이지 않았다.

그렇게 자신이 예전보다 한층 더 성장했음을 자각한 유지광은 슬그머니 시선을 한쪽으로 옮겼다.

그곳에는 백검대의 무인들이 서 있었다.

'지금이라면……'

뭔가 꿍꿍이가 느껴지는 그의 시선에서 뭔가 불길함을 감지한 듯 악무호가 서둘러 움직였다.

하지만 그의 창보다 유지광의 검이 먼저 허공을 갈랐다.

캉!

비교적 간단한 횡 베기였으나, 그 안에 실린 내력이 만만치 않은 듯 악무호의 눈살이 찌푸려졌다.

그러는 사이 유지광의 다음 공격이 이어졌다.

파파팟—!

눈 깜짝할 새에 악무호의 신형을 뒤덮는 검광의 그물!

구름처럼 부드럽지만 끝없이 공격이 이어지는 유하표운의 초식이었다.

거기서 그치지 않고 유지광은 연거푸 유하검법의 초식을 차례대로 펼쳤다.

그러다 유하와선까지 펼치고 났을 때, 검경의 소용돌이가 사방으로 휘몰아쳤다.

유하검법의 마지막 초식이자 연환초식인 유하만천이 펼쳐지려는 것이었다.

대번에 유지광이 뭔가 엄청난 초식을 펼치려고 한다는 걸 깨달은 악무호는 서둘러 맞대응하려고 내공을 끌어올리려는 순간이었다.

푸슝—!

나지막한 바람 소리와 함께 악무호의 몸이 거짓말처럼 멈춰 섰다.

동시에 유지광의 검을 붙잡는 손길이 있었다.

"거기까지."

"크윽!"

유지광은 신음성과 동시에 경악스러운 얼굴로 손길의 주인, 이신을 바라봤다.

쥐도 새도 모르게 자신에게 접근한 건 둘째치더라도 방금 전까지 사방으로 휘몰아치던 검경의 소용돌이가 거짓말처럼 잦아들었다.

그 말은 이신이 유지광의 검을 붙잡으면서 기의 흐름을 강제로 끊어버렸다는 소리였다.

그럼에도 유지광이 이렇다 할 내상조차 입지 않았다는 것은 단순히 기의 흐름을 끊는 것을 넘어서 유지광의 내부까지 보호했기에 가능한 일.

거기다 창졸지간에 지풍을 쏘아서 악무호의 마혈까지 점하다니, 도대체 한 번에 몇 가지의 일을 동시에 처리한 것이란 말인가?

덕분에 유지광은 찬물을 뒤집어쓴 것처럼 정신이 번쩍 들었다. 그러자 그 여느 때보다 엄중한 얼굴로 서 있는 이신의 모습이 눈에 들어왔다.

"경솔한 녀석, 네가 지금 무슨 짓을 하려고 했는지 아느냐? 하마터면 돌이킬 수 없는 잘못을 저지를 뻔했어."

"……"

이신의 날카로운 지적 앞에 유지광은 꿀 먹은 벙어리처럼 말문이 막혀 버렸다.

그의 맞은편, 정확히는 이신의 등 뒤에는 백검대의 무인들이 서 있었다.

만약 이신이 중간에 끼어들지 않고 그대로 유하만천을 펼쳤다면, 그들은 푸른 검기의 소용돌이에 의해서 속절없이 온몸이 갈기갈기 찢겨져 버리고 말았을 것이다.

　그랬다면 무림맹과는 무조건 척을 질 수밖에 없을 것이고, 최악의 경우에는 유지광뿐만 아니라 유가장 자체가 무림공적으로 몰릴 수도 있었다.

　일순간 힘에 취한 나머지 하마터면 돌이킬 수 없는 잘못을 저지를 뻔했다는 사실에 유지광의 낯빛은 붉어졌다.

　그렇게 유지광이 깊이 반성하는 것을 확인한 이신은 말없이 오른쪽 손가락을 가벼이 퉁겼다.

　푸슝!

　그러자 가벼운 바람 소리와 함께 멈춰져 있던 악무호의 육신이 자유를 되찾았다.

　"커윽! 허, 허헉! 이, 이게 대체 어찌 된……."

　"괜찮으십니까, 악 대협?"

　"헉!"

　악무호는 화들짝 놀라면서 저도 모르게 뒷걸음질 쳤다.

　분명 조금 전까지만 해도 유지광의 옆에 있던 이신이 어느새 그의 코앞에서 불쑥 나타났기 때문이다.

　'도, 도대체 어느 틈에?'

　방금 전까지 손속을 겨누었던 유지광의 실력도 제법이다 싶었지만, 지금 이신이 선보인 움직임은 그의 인지를 아득히 초월하는 수준이었다.

　절정고수인 그가 이신이 자신의 눈앞까지 이동하기까지의

중간과정을 전혀 보지 못했다는 게 그 증거였다.

바로 그때, 악무호의 뇌리로 지부를 나서기 전에 대충 겉핥 듯이 훑어봤던 자료들 중 이신에 대한 정보가 스치듯이 떠올랐다.

십 년 만에 무한으로 돌아온 정천무관의 후계자 겸 당대 관주라는 것부터 시작해서 하룻밤 만에 금와칠객과 금와방주를 일신으로 격퇴했다는 소문과 최소 절정으로 추정되는 무공 수위.

거기에 소싯적에 무한의 뒷골목에서 소악귀라는 별명으로 불린 것 외에는 지난 십 년간의 과거에 대한 흔적이나 정보가 아예 전무하다는 등등…….

하나같이 믿기 어려운 이야기들뿐이었다.

당시에는 말도 안 된다면서 금세 뇌리에서 잊어버렸지만, 막상 직접 이신의 실력을 직접 눈으로 확인하자 그에 대한 평가를 달리할 수밖에 없었다.

'이건 오히려 소문 그 이상이 아닌가!'

그렇게 악무호가 이신에 대해서 재평가하고 있을 때, 유지광이 그에게로 다가갔다. 물론 검은 검집에다 납검한 채였다.

"죄송합니다, 악 대협. 저의 무례를 용서해 주십시오."

유지광의 사과에 잠시 멍한 표정을 짓는 것도 잠시, 이내 악무호는 버럭 호통을 쳤다.

"자네, 도대체 무슨 생각인가! 갑자기 나를 공격하다니! 만약 정당한 이유가 아니라면 내 절대 이번 일을 가만히 좌시하지 않을 걸세!"

"거듭 사과드립니다. 하지만 이해해 주십시오. 이는 어디까지나 악 대협께 제 사정을 보다 쉬이 전달하기 위한 일이었습니다."

"자네의 사정?"

사정을 설명하기 위해서 자신을 공격했다?

영 이해하기 어려운 말이었지만, 유지광의 말은 계속 이어졌다.

"만약에 누군가가 선배님의 목숨을 이런 식으로 다짜고짜 노린다면 어쩌실 겁니까?"

"뭐?"

난데없이 이 상황에서 왜 이런 질문을 한단 말인가?

어이없어하는 악무호의 반응은 무시한 채 유지광은 다시금 말했다.

"거기다 자신의 가족의 목숨마저 노린다면 어쩌실 겁니까?"

"음. 자네가 무슨 의도로 이런 질문을 하는 건지는 모르겠지만, 만약 그런 놈이 있다면 단번에 제압해서 본때를……."

"제압하지 못할 정도로 상대가 강하다면요? 그때도 끝까지 제압하실 겁니까?"

"으음……."

악무호는 잠시 말문이 막혔다.

상대가 제압하지 못할 정도로 강한 것도 모자라서 자신의 목숨을 노린다?

그렇다면 남은 답은 하나밖에 없었다.

"…죽이겠지."

상대를 죽이지 않으면 자신이 죽는다.

엄연한 약육강식의 논리에 입각한 악무호의 대답에 유지광은 무겁게 고개를 끄덕이며 말했다.

"저 또한 그랬습니다."

"뭣?"

유지광은 혐의를 인정했다. 하지만 동시에 그것이 엄연한 정당방위였음을 피력했다. 이윽고 유지광은 사흘 전의 일을 간략하게 설명하기 시작했다.

갑자기 기습한 능위군과 흑오당의 장한들, 그리고 유지광을 거의 유린하다시피 한 사도길에 관한 것까지 하나도 남김없이 다 이야기했다.

그렇게 길지 않은 유지광의 이야기가 모두 끝나자 장내에는 무거운 침묵이 내려앉았다.

누구 하나 쉬이 입을 열지 못했다.

어찌 그렇지 않겠는가.

유지광의 말대로라면 능위군은 처음부터 유지광의 목숨을 노리고 기습한 것도 모자라서 흑도의 패거리까지 끌어들였다.

이건 결코 정도를 걷는 이라고 보기 어려운 행동이었고, 그에 대항한 유지광의 행동도 어디까지나 정당방위의 범위에 속한다고 볼 수 있었다.

하지만 악무호의 입장에서는 실로 난감하기 그지없었다.

분명 그의 임무는 능위군을 살해한 것으로 추정되는 유지광을 끌고 가는 것이었지만, 스스로 말했듯이 유지광의 살인은 엄연히 정당한 것이었다.

그런 마당에 어찌 억지로 유지광을 끌고 갈 수 있단 말인가?

어찌 해야 좋을지 고민하는 가운데, 불쑥 이신이 툭 내뱉듯이 말했다.

"뭘 그리 고민하십니까? 별로 어렵지 않은 문제거늘."

그의 말에 악무호의 눈살이 살짝 찌푸려졌다.

"어렵지 않은 문제라고?"

"그렇습니다. 이번 일은 어디까지나 유가장과 금와방, 둘이 해결해야 할 문제입니다. 그렇다면 굳이 무림맹이 끼어들 이유는 없지요."

"으음!"

확실히 이번 일은 어디까지나 유가장과 금와방 간의 문제였다.

그렇기에 둘이서 갈등을 풀어야 한다고 말하는 이신의 주장도 일리가 있었다. 그렇지만 그것도 어느 정도의 수준이지, 이미 사람까지 죽어나간 마당에 어찌 두 문파만의 문제라고 볼 수 있겠는가?

더욱이 금와방주는 소중한 혈육을 잃었기에 자칫하면 판단을 그르칠 가능성이 높았다. 어쩌면 피비린내 나는 혈투로 이어질 수도 있었다.

이를 악무호가 지적하자 이신은 마치 기다렸다는 듯 고개를 끄덕이며 말했다.

"물론 그럴 가능성이 높지요. 하니 공증인을 두는 방향으로 가야겠죠."

"공증인이라고?"

이신의 말을 곧이곧대로 해석하자면 이번 사건을 유가장과 금와방에서 알아서 자체적으로 해결하되, 그 과정을 공증해 줄 사람을 두자는 것이었다.

말 자체야 옳은 말이었지만, 악무호 입장에선 썩 그리 달갑지 않았다.

"그 말은 자네가 이번 사건의 공증인이 되겠다 이 말인가? 그것도 본 맹을 제쳐 두고서?"

어찌 보자면 무림맹을 무시하는 처사로도 곡해할 수 있는 문제였다.

이에 이신이 웃으면서 말했다.

"뭔가 오해하고 계시군요. 전 공증인을 맡을 생각이 추호도 없습니다. 오히려 저는 악 대협께서 공증인을 맡아주시면 좋겠습니다만?"

"내가?"

이건 또 예상치 못한 전개인 터라 악무호는 그저 두 눈만 끔뻑거리다가 이내 정신을 차리고 말했다.

"좋아, 자네 말대로 공증인은 본 맹에서 맡는다고 치세. 하면 어떤 식으로 이 일을 해결하겠다는 건가?"

"간단합니다. 이미 유가장과 금와방은 돌아올 수 없는 강을 건넌 지 오래입니다. 대화로 해결한다는 것은 사실상 불가능한 일이지요. 그러니……."

한차례 뜸을 들인 뒤 이신은 유지광을 바라보면서 말했다.

"단순한 논의가 아닌 누구도 불만을 가지지 않을 만큼 공정하고, 그러면서도 가장 무림인다운 방법으로 해결해야겠죠."

"아무도 불만을 가지지 않을 만큼 공정하면서……."

"가장 무림인다운 방법?"

악무호를 비롯한 대부분의 중인들은 이신이 도대체 무슨 말을 하려는 것인지 퍼뜩 이해할 수 없었다.

이에 이신이 막 입을 열려는 찰나, 느닷없이 그의 말을 가로채는 이가 있었다.

"생사결이로군요."

음성의 주인은 다름 아닌 운검이었다.

第三章
검주출도(劍主出道)

늦은 밤.

불이 꺼져서 사방이 어두운 가운데, 유일하게 불이 켜진 방 안에서 한 줄기의 음성이 흘러나왔다.

"…생사결이라. 성가시게 되었구려."

금와방주, 아니 정확히는 그로 위장한 가짜의 말에 그의 맞은편에 앉은 악무호가 면목이 없다는 얼굴로 말했다.

"미안하오, 방주. 그때 돌아가는 정황상 내가 나서기도 애매했소이다."

반 시진 전, 생사결의 공증인 자격으로 금와방에 방문한 악무호는 오늘 운중장에서 있었던 일들을 최대한 상세하게 설명했다.

그렇기에 가짜 금와방주는 악무호를 탓하기는커녕 고개를 가로 내저으며 말했다.

"악 대주께서 죄송할 게 무어가 있겠소. 듣자하니 설령 본인이 그 자리에 있었다 한들, 판세를 뒤집긴 어려웠을 것이외다."

갑작스러운 무당파의 제자 운검의 등장.

거기에 별거 아닌 줄 알았던 유지광이 제삼자인 무림맹이 끼어들기 어려운 정당한 명분을 내세우는 것도 모자라서 악무호를 상대로 선전할 줄이야.

그런 와중에 생사결이라는 패까지 튀어 나왔으니 가짜 금와방주의 말마따나 그 상황을 뒤집기란 결코 쉬운 일이 아니었다.

과연 일은 사람이 꾸며도, 그것이 이루어지는 것은 오직 하늘의 뜻에 달렸다는 말이 괜히 있는 게 아님을 새삼 실감할 수 있었다.

'그나저나 이번에도 역시 그자가 관련되었군.'

정천관주 이신.

그가 무한 땅에 등장한 이래로 가짜 금와방주가 속한 조직에서 꾸미는 일들은 하나같이 꼬이기 일쑤였다.

한 번도 아니고 여러 번, 그것도 결정적인 순간마다 훼방을 놓고 있으니 이제는 숫제 천적이라고 봐도 무방할 지경이었다.

'과연 마교의 혈영사신이라고 해야 하나.'

그렇게 가짜 금와방주가 이신에 관해서 생각하고 있을 때, 때마침 악무호 역시 그에 관한 화제를 입에 올렸다.

"그나저나 이신, 그자 말이오. 풍문으로 듣던 것 이상이었소."

그도 그럴 게 조짐이 심상치 않았던 유지광의 초식을 한 손으로 가볍이 중단시킨 것도 모자라서 고작 지풍만으로 악무호의 마혈을 점하지 않았던가?

더욱이 이신이 선보인 움직임은 결코 악무호의 아래가 아니었다.

"한낱 무관의 주인이 어찌 그리 강할 수 있는 건지 원. 다른 사람도 아닌 이 악 모가 손 한번 제대로 못 쓰고 당할 뻔했을 정도라면 믿겠소?"

악무호의 말에 가짜 금와방주는 겉으로는 쉬이 못 믿겠다는 표정을 지었지만, 속으로는 그를 비웃었다.

'한심한 작자 같으니.'

분명 가짜 금와방주는 사전에 악무호에게 귀에 딱지가 앉을 만큼 경고했다.

다른 누구보다 이신을 주의하라고.

한데 그런 충고를 무시하고 그와 부딪치기 전까지 새까맣게 잊고 있던 주제에 이제 와서 이신을 대단하다고 치켜세우다니.

어떻게든 자신의 실책을 덮으려는 속셈인 게 훤히 보였다.

실로 한심하기 그지없는 인간이 아닐 수 없었다.

더욱이 그는 이신에게만 신경 쓰느라 미처 간과한 사실이 있었다.

'왜 무당파의 제자가 이신의 편을 들어준 걸까?'

생사결이야 원체 무림에서 방파 간의 다툼이 있을 때 곧잘 나오는 해결책이지만, 솔직히 그런 것 따위야 이쪽에서 거부하면 그뿐이었다.

어차피 쌍방 간의 합의가 있어야지만 가능한 것이 생사결이었으니까.

하지만 무당파의 운검이 적극적으로 찬성하고 나선 게 문제였다.

대외적으로 봤을 때 금와방은 무당파의 속가문파인 데다 운검의 의견은 넓게 보자면 무당파의 의견이라 해석할 수 있었다.

때문에 무당파의 속가제자인 금와방주의 입장에선 사문의 의견을 마냥 무시할 수 없었다.

'이유가 뭐지?'

금와방주가 생전에 무당파에 도움을 요청하는 전서 때문에 이곳 무한까지 온 운검이었다.

그렇다면 마땅히 금와방의 손을 들어줘도 모자랄 판국에 왜 적대적인 관계인 이신의 의견에 쓸데없이 동조한 것일까?

설마 장문인의 제자인 그가 사리 분별조차 제대로 못하는 얼간이일 리 만무하니, 뭔가 다른 속셈이 있다고 밖에는 볼 수 없었다.

'혹시 우리에 대한 정보가 무당파에……'

일순 가짜 금와방주의 뇌리를 스쳐 지나가는 불길한 생각, 하나 곧 그는 고개를 내저었다.

'아니, 그럴 리는 없다. 위에서도 아직 별다른 말이 없었으니……'

만약 무당파에서 뭔가를 눈치챘기 때문에 움직인 것이라면 조직에서 파악하지 못할 리 만무했다.

'그래도 만일의 사태에 대비해서 조사할 필요는 있겠군.'

그렇게 운검에 대한 것은 대충 일단락 지으면서 가짜 금와방주는 다시 현실로 되돌아왔다.

그러자 한참 혼자서 떠들어 대던 악무호가 헛기침을 하면서 화제를 돌렸다.

"허흠! 어, 어쨌든 가급적이면 내일 오전 중까지는 결단을 내려줬으면 좋겠다고 유가장 측에서는 말하던데. 어찌 할 생각이시오, 방주?"

"……"

악무호의 물음에 가짜 금와방주는 말없이 오른쪽 관자놀이를 매만졌다.

그러다 곧 얼마 지나지 않아 뭔가를 떠올렸다는 표정과 함께 그의 한쪽 입꼬리가 위로 올라갔다.

"좋은 생각이 떠올랐소."

"그, 그게 무엇이오?"

악무호가 황급히 되묻자 가짜 금와방주는 의미심장한 표정으로 말했다.

"이른바 결자해지(結者解之)라는 놈이오."

                    *   *   *

다음 날.

악무호에 의해서 전해진 금와방주의 전언에 유가장 전체가 떠들썩해졌다.

—생사결은 받아들이겠다. 단, 조건이 있다.

금와방이 내민 조건. 그건 다름 아닌 생사결을 벌이는 대상은 어디까지나 각 방파에 속한 인물로만 제한한다는 것이었다.

지난밤 가짜 금와방주가 말한 결자해지란 말의 진의가 밝혀지는 순간이었다.

물론 그러한 조건이라면 금와방에서도 금와칠객과 같은 고수들이 나설 수 없겠지만, 그 정도는 충분히 감수할 수 있는 게 헌 금와방의 전력이었다.

당장 금와방주만 하더라도 검기발현의 경지에 이른 절정고수가 아니던가?

그럼에도 유가장에서 굳이 생사결이란 패를 흔쾌히 내밀 수 있었던 것은 어디까지나 금와방주와 금와칠객을 단신으로 격파한 이신의 존재를 믿고 있었기 때문이다.

한데 난데없이 그의 도움을 원천봉쇄하는 조건을 내밀 줄이야.

이리 되자 유가장의 발등에 불똥이 떨어진 것도 당연지사라고 할 수 있었다.

병색이 완연한 중년인, 유가장의 가주 유정검은 자신의 앞에서 한창 갑론을박하고 있는 이들의 모습을 조용히 지켜보고 있었다.

"절대로 받아들여선 아니 되오!"

깡마른 중늙은이, 대장로는 유가장의 몇 안 되는 장로 중한 명으로 유정검뿐만 아니라 그 전대의 가주까지 섬긴 유가장의 오래된 충신이었다.

그런 그의 생사결 반대 의사에 대다수의 장로들이 지지하고 나섰다.

그 이유는 이어지는 대장로의 말을 통해서 알 수 있었다.

"현재 본 장에는 금와방을 감당할 만한 여력이 없소이다.

이 상태에서 생사결을 치르는 건 자살 행위나 마찬가지. 차라리 더 늦기 전에 지금이라도 금와방 측에 사과해서 원만하게 해결하는 편이……."

"사과? 뭘 모르는 소리군요."

대장로의 말을 마주 보고 있는 체격이 다부진 흑색 무복의 중년인이 중간에 자르면서 반박했다.

"애당초 능위군 그 빌어먹을 놈이 먼저 본 장의 소가주를 기습한 게 이번 일의 원흉이거늘. 사과를 한다면 엄연히 금와 방 측에서 해야 하는 게 도리에 맞지 않습니까? 그런데도 어찌 대장로께서는 소가주께 잘했다고 칭찬하기커녕 도리어 이리 겁쟁이처럼 구는 겝니까?"

"뭐라 겁쟁이? 말을 가려서 하시게, 윤 대주!"

중년인, 유가장의 유일한 무력단체인 묵천대(墨天隊)의 대주 윤자성의 말에 대장로는 울컥하며 외쳤다.

이에 윤자성은 짐짓 답답하다는 얼굴로 말했다.

"대장로, 벌써 다 잊으셨습니까? 저들이 얼마 전까지 본 장을 상대로 무슨 짓을 저질렀는지. 만약에 이신 그 친구가 제때 나타나지 않았다면 본 장이 어떤 수모를 겪었을지를!"

"으음……!"

윤자성의 말에 대장로를 위시한 생사결 반대파들은 일제히 말문이 막혔다.

지난날 금와방이 자신들이나 당사자인 대공녀인 유세화의

의사를 무시한 채 강제 정략혼을 진행하려고 했었고, 심지어 그를 위해서 소가주 유지광까지 납치하려고 했던 것을 모르는 이는 적어도 유가장 내에서는 아무도 없었다.

그런 치욕스러운 과거를 떠올려서일까?

윤자성은 저도 모르게 이를 빠득 갈면서 더없이 단호한 음성으로 외쳤다.

"어차피 서로 한 하늘을 이고 살 수 없는 사이! 이참에 저들을 짓밟지 않으면 안 됩니다!"

"그렇습니다!"

윤자성을 위시한 생사결 찬성파들이 소리 높여 외쳤다.

대체로 젊은 축에 속하는 자들로 윤자성과 마찬가지로 그간 쌓이고 쌓였던 금와방에 대한 분노가 일시에 폭발한 듯한 모습이었다.

반면 노회한 자들로 이루어진 생사결 반대파의 수장, 대장로가 고개를 내저으며 말했다.

"흐음, 윤 대주 자네의 말이 무슨 뜻인지는 알겠네. 하지만 역시 생사결은 안 되네. 자칫하면 단 한 번의 실수로 본 장의 모든 것을 잃을 수도 있단 말일세. 더욱이 아까도 말했지만……."

대장로는 말끝을 살짝 흐리면서 시선을 한쪽으로 돌렸다. 모두의 시선도 절로 그쪽으로 향했다.

이에 얼떨결에 모든 이들의 주목을 받게 된 유정검은 쓴웃음을 머금으며 말했다.

"…역시 본 장에 생사결을 치를 만한 고수가 없다는 게 가장 문제라는 말이구려, 대장로."

"…송구하오이다, 가주."

사과하는 대장로의 얼굴에는 실로 미안하다는 기색이 역력했다. 어찌 보면 가주인 유정검의 무능력함을 대놓고 지적하는 꼴이었기 때문이다.

그러나 말하지 않으면 안 되었다.

한때의 혈기 때문에 판단을 그르쳐서 유가장의 모든 것을 잃는 것보단 나았으니까.

이어서 대장로가 말했다.

"이제 방법은 하나뿐이오. 아예 차라리 소가주를 폐하고 저들에게 진심으로 사죄를 구하는 수밖에는……."

"대장로, 지금 제정신으로 하는 소리입니까! 소가주를 폐하다니! 그 무슨!"

대장로의 말이 채 끝나기도 전에 윤자성이 들고 일어났다.

그럴 만도 했다.

다짜고짜 소가주를 폐해야 한다는 소리를 입에 담다니.

그것도 대장로라는 작자가!

하지만 흥분한 윤자성과 대비되게 대장로의 표정은 침착 그 자체였다.

"난 지극히 냉정하네. 오히려 윤 대주 자네야말로 냉정하게 현실을 생각해 보는 게 어떤가? 과연 본가의 힘만으로 저들과 대적하는 게 가능하다고 보는가? 안타깝게도 난 불가능하다고 보네."

"크윽……!"

윤자성을 비롯한 생사결 찬성파들은 분한 듯 주먹을 움켜쥐었지만, 차마 대장로의 말에 뭐라 반박하지는 못했다.

분한 것과 별개로 양측의 전력이 너무나 차이가 난다는 것은 그들 역시 잘 알고 있는 사실이었으니까.

결국 대화는 다시 원점으로 돌아왔고, 유정검은 남몰래 한숨을 내쉬었다.

'후우, 어렵구나. 이 일을 어찌 해야 좋단 말인가?'

그 또한 윤자성과 마찬가지로 금와방과 생사결을 벌인다는 쪽으로 내심 마음이 기울고 있었다.

그럼에도 대놓고 윤자성의 편을 들지 못하는 것은 역시나 현재 그의 처지 때문이었다.

주화입마로 인해서 약해질 대로 약해진 몸.

비록 이신에 의해서 되찾은 포목 사업체 덕분에 유가장의 재정이 많이 나아져서 최근 의원의 치료를 받고 있기는 했으나, 안타깝게도 이렇다 할 차도가 보이지 않았다.

의원의 말로는 병마도 병마지만 주요 혈맥이 막히고 뒤틀린 채로 오래 방치되다 보니 그대로 혈맥이 말라서 굳어버린 게 가장 문제라고 했다.

즉 보통의 방법으로는 유정검의 상태가 호전되기 어렵다는 소리였다.

'그때 내가 욕심만 부리지 않았어도……!'

과거 자신의 실수에 대한 후회와 분노 때문일까?

유정검의 주먹이 부르르 떨리면서 저도 모르게 꽉 쥐어졌다.

그런 그를 대장로 등이 안타까운 얼굴로 쳐다볼 때였다.

끼익―

닫혀 있던 회의실의 문이 갑자기 열렸다. 모두의 시선이 일제히 그곳으로 향했다.

그러자 두 명의 남녀가 안으로 들어섰다. 바로 대공녀 유세화와 그의 동생이자 소가주인 유지광이었다.

유정검은 뜻밖이라는 표정을 지었다.

분명 두 사람을 부른 기억이 없는데도 알아서 이곳으로 온 것도 그렇지만, 특히 유세화의 등장이 가장 의외였기 때문이다.

유지광이야 이번 일의 중심에 있다고 해도 과언이 아니라서 오히려 등장이 늦었다고 볼 수 있었지만, 유세화의 경우에는 이번 일과 그리 관계가 없었다.

도대체 두 사람이 같이 나타난 이유가 뭐란 말인가?

그러한 의문은 잠시 뒤로한 채 유정검은 짐짓 엄중한 표정으로 말했다.

"너희들이 여기에는 갑자기 어인 일이냐?"

그의 물음에 유세화는 공손하게 고개를 숙일 뿐 아무 말도 하지 않았다.

대신 그녀의 뒤에 서 있던 유지광이 앞으로 나섰다.

"소자, 아버님께 잠시 아뢸 말씀이 있습니다."

"내게 할 말이 있다고?"

"그렇습니다."

유지광의 거침없는 대답에 유정검은 두 눈을 휘둥그레 떴다.

자신에게 할 말이 무엇인지 궁금해서라기보다는 유지광이 자신의 눈을 똑바로 보고 당당히 말한다는 사실에 더욱 놀랐다.

매사에 자신감 없고 어딘가 모르게 위축되어 보이던 유지광이었다.

그런 그가 수련을 위해서 이신의 곁으로 간 지 아직 이레도 채 지나지 않았는데, 이리도 달라 보이다니.

하물며 직접 눈으로 본 것은 아니지만, 들리는 말에 의하면 유지광의 무공은 일대일로 능위군을 쓰러뜨릴 만큼 한층 진일보했다고 했다.

과연 아들이 얼마나 발전한 것인지 궁금하면서도 대견하다는 생각이 절로 들었다.

그래서일까?

유정검은 하나뿐인 아들의 기도 살려줄 겸 기꺼운 마음으로 고개를 끄덕였다.

"좋다. 어디 한번 말해 보거라."

유정검의 허락이 떨어지자마자 유지광은 거침없이 입을 열었다.

"다소 건방지게 들릴지는 모르겠으나 이번 금와방과의 생사결은 결코 피해선 안 된다고 생각합니다."

"…피해서는 안 된다고?"

유정검은 일순 말문이 막혔다.?

현실을 몰라도 너무 모른다고 타박할 법도 하건만, 그러기엔 유지광의 눈빛이 너무나도 진지했다.

이에 혹시나 하는 마음으로 물었다.

"왜 그리 생각하느냐?"

유정검의 말이 끝나기 무섭게 유지광은 손가락 세 개를 펼치더니 그중 하나를 접으면서 말했다.

"이유는 총 세 가지입니다. 첫째, 이미 상황이 기호지세(騎虎之勢)이기 때문입니다."

"기호지세라."

확실히 유지광 말대로였다.

이대로 생사결을 취소하고, 재차 화평을 청하기엔 양측 모두 건널 수 없는 강을 건넌 지 오래였다.

실상 대장로를 비롯한 생사결 반대파도 그 점은 충분히 인지하고 있었다.

이어서 유지광이 남은 손가락 하나를 접으면서 말했다.

"둘째, 만약 이번 생사결을 피한다면 세간에선 본가가 진정 힘을 잃은 것이라고 판단할 것입니다. 이는 자칫 잘못하면 본가의 명성을 바닥으로 떨어뜨리는 결정적인 요인으로 작용할지도 모릅니다."

"으음!"

명성의 하락.

그것은 무림에서 살아가는 방파라면 결코 무시할 수 없는 사안이었다.

더욱이 유가장처럼 오랜 세월을 자랑하는 명문가라면 목숨보다 중요한 것이 명성이었다.

그제야 장내의 중인들은 자신들이 진퇴양난(進退兩難)의 상황에 빠졌음을 인식할 수 있었다.

생사결을 회피할 수도, 그렇다고 치를 수도 없는 난감한 상황.

유정검이 굳은 얼굴로 말했다.

"마지막 세 번째 이유가 무엇이냐?"

"그건……"

"잠깐! 물어볼 것이 있네."

유지광이 막 말을 꺼내려는 찰나, 갑자기 대화에 끼어드는 인물이 있었다.

그는 바로 대장로였다.

"지금까지 소가주가 한 말이 일리가 있음을 내 인정하네. 하지만 그렇다고 해서 이대로 생사결을 펼치는 게 과연 옳을지는 여전히 의문일세. 이유는 말하지 않아도 알겠지?"

고수의 부재.

내내 이야기가 원점으로 돌아가는 이유이자 유가장의 가장 큰 약점이기도 했다.

"거기다 소가주 자네가 아는지 모르겠지만, 금와방에서 내건 조건이……."

"외부 고수를 초빙하지 못하게 하는 것 말입니까?"

"…그, 그걸 자네가 어찌……?"

금와방이 내민 조건을 아는 것은 지금 회의장에 있는 사람들뿐이었다.

한데 어찌 그걸 유지광이 알고 있다는 말인가?

아니, 그보다는 마치 그런 조건을 제시했을 거라고 예상한 듯한 반응에 가까웠다.

대장로가 놀라거나 말거나 유지광은 피식 웃으면서 말했다.

"본가의 가주께서 주화입마로 인해서 오랫동안 앓아왔다는 건 무한 사람이라면 누구나 다 아는 사실입니다. 당연히 저들 입장에서 유리하게 상황을 끌고 가려면 외부인을 끌어들이지 않는 게 최선입니다. 조금만 생각해 보면 쉬이 알 수 있는 사실이지요."

"으음······!"

그야말로 논리 정연한 유지광의 추리에 대장로는 일순 할 말을 잃었다.

그 와중에 유지광이 문득 떠올랐다는 듯 말했다.

"한데 대장로께 한 가지 묻고 싶은 게 있습니다."

"뭐, 뭔가?"

순식간에 두 사람의 입장이 역전되었다. 질문이 너무 의외였던지 대장로는 순간 표정 관리가 안 되었지만, 유지광은 그러거나 말거나 자신의 할 말을 계속 이어나갔다.

"유가장과 금와방, 둘은 서로 동등한 입장이 맞습니까?"

"뭐?"

뜻밖의 질문에 대장로는 저도 모르게 당황한 기색이 역력했다.

하지만 곧 원래의 신색을 회복하면서 말했다.

"그, 그야 당연히 동등한 입장이지. 한데 그건 왜 묻는······?"

"그럼 다시 묻겠습니다."

대장로의 말이 채 끝나기도 전에 유지광이 먼저 선수를 치면서 말했다.

"저들이 조건을 내세웠다면 엄연히 이쪽에서도 조건을 내세울 수 있지 않습니까?"

"……!"

유지광의 말이 끝나기 무섭게 장내의 중인들이 눈을 크게 부릅떴다.

이건 전혀 생각 못 한 부분이었다.

확실히 금와방이 조건을 내세웠다면, 응당 유가장도 조건을 내세우는 게 가능했다.

이는 어찌 보면 너무나도 당연한 일.

한데도 그 사실을 유지광이 일깨워주기 전까지 미처 생각지도 못했다는 게 더더욱 충격으로 다가왔다.

그 모습을 보면서 유지광은 속으로 한숨을 내쉬었다.

'후우, 형님의 말씀대로구나.'

일개 후기지수인 자신조차 알고 있는 사실을 정작 유가장을 움직이고 있는 머리나 마찬가지인 가주 유정검과 대장로 등이 전혀 모르고 있었을 줄이야.

내심 속상하면서도 안타깝기 그지없었지만, 그것을 애써 내색하지 않으면서 말했다.

"자, 그럼 아까 말하다 말았던 세 번째 이유에 대해서 마저 말씀드리겠습니다."

유지광의 말이 끝나기 무섭게 장내의 모든 이들이 그의 입만을 바라봤다.

은연중에 회의실의 분위기를 유지광이 주도하고 있다는 사실이 확연히 드러나는 순간이었다.

'허, 도대체 그동안 광이에게 무슨 일이 있었단 말인가?'

가히 괄목상대(刮目相對)라고 할 수 있는 그의 변화에 유정검은 내심 혀를 내두르지 않을 수 없었다.

그러는 와중에 유지광의 다소 충격적인 말이 이어졌다.

"믿으실지 모르겠지만, 본가에는 아직 금와방을 상대할 수 있는 고수가 남아 있습니다."

"뭐, 뭐라고!"

"아니, 그게 정말 사실입니까?"

"소가주, 도대체 그가 누구요?"

가히 예상 밖이라고 할 수 있는 유지광의 발언!

모두가 앞을 다투어가며 그에게 사실 여부를 묻기 시작했고, 유정검도 심히 놀란 얼굴로 그를 바라봤다.

"그게 사실이냐, 광아? 도대체 그 고수가 누구란 말이냐?"

"……"

유정검의 물음에 대답하는 대신 유지광은 뒤에 서 있는 유세화를 말없이 바라봤다.

그러자 그녀는 고개를 끄덕였고, 유지광은 다시금 정면을 바라보면서 말했다.

"여기서 하나 집고 넘어갈 게 있습니다. 비록 지금은 모두 잊어 버렸지만, 사실 본가에는 초대부터 오로지 가주만을 호위해 온 수신호위가 있었습니다."

"수신호위?"

"대대로 가주만 호위해 왔다고?"

장내가 술렁거렸다.

딱 들어봐도 유지광의 말은 가문 내에서도 극비에 해당하는 정보였기 때문이다.

실제로 대부분의 사람들이 유지광이 언급한 가주의 수신호위에 대해선 금시초문이었다.

반면 유정검을 비롯한 몇몇 중진들은 그다지 놀라지 않는 기색이었다. 유지광이 말하는 수신호위에 대해서 이미 어느 정도는 알고 있었다는 증거였다.

도리어 몇몇은 유지광의 말이 끝나기 무섭게 대놓고 실망감을 드러냈다.

그중 한 명인 대장로가 말했다.

"소가주, 혹시 지금 영호검주에 대해서 말하고 있는 것이오?"

"그렇습니다."

유지광이 선뜻 긍정하자 대장로는 저도 모르게 너털웃음을 터뜨렸다.

"허, 허허허. 소가주, 영호검주는 이미 수십 년도 전에 본가에서 자취를 감춘 지 오래요. 어찌 허구 속에만 존재하는 가상의 존재를 들먹여서 모두의 마음을 이리도 뒤숭숭하게 만드는 것이오!"

말을 이어가면서 대장로의 목소리는 더없이 엄중해졌고, 끝에 가서는 거의 유지광을 비난하는 어조로 바뀌었다.

다른 이들도 말만 안 했을 뿐, 거의 대부분이 유지광을 향해서 비난의 눈초리를 보냈다.

하지만 그럼에도 유지광은 전혀 주눅 들지 않았다. 오히려 자신을 노려보는 자들과 정면으로 눈을 마주치면서 말을 이었다.

"하늘에 맹세코 본인은 대장로나 이곳에 계신 모든 분들을 우롱하거나 장난칠 목적으로 그에 관해서 언급한 게 절대 아닙니다. 만약 제 말이 거짓이라면 지금 이 자리서 벼락을 맞고 죽을 것입니다!"

너무나 당당한 유지광의 말에 모두가 할 말을 잃고 말았다.

대장로도 일순 유지광의 기백에 압도당한 듯 더듬거리는 말투로 말했다.

"그, 그럼 도대체 왜 있지도 않은 자를 굳이 들먹이는 것이오?"

대장로의 물음에 유지광은 마치 기다렸다는 듯이 반문했다.

"저야말로 대장로님께 되묻고 싶군요. 대관절 영호검주가 없어졌다고 판단하시는 이유가 뭡니까? 혹 그가 사라졌다는 명확한 증거라도 있는 겁니까?"

"그… 그건!"

확실히 유지광의 말마따나 영호검주가 없어졌다는 증거는

없었지만, 반대로 그들이 사라지지 않았다는 증거 역시도 존재하지 않았다.

히지만 이미 영호검주가 나타나지 않은 지 수십 년. 사라진 존재의 증거를 어떻게 찾는단 말인가?

한마디로 유지광의 말은 순 억지였다.

이에 화가 머리끝까지 난 대장로가 버럭 외쳤다.

"에잇! 그럼 그놈의 영호검주는 도대체 어디 있다는 말인……!"

그리고 그의 말이 채 끝나기도 전에 한 줄기 음성이 들려왔다.

"여기 있소."

"허억!"

갑자기 등 뒤에서 들려온 음성에 놀란 대장로가 얼른 고개를 돌렸지만, 정작 그를 반긴 것은 사람이 아닌 한 자루의 묵빛 장검이었다.

'어, 어느 틈에!'

놀라는 것도 잠시, 대장로는 서둘러 허리춤의 검을 뽑아서 대응하려고 했으나, 그 전에 장검의 끝 부분이 부르르 떨렸다.

그러자 눈 깜짝할 새에 그의 시야를 가득 메우는 수십 개의 검봉!

이에 대장로는 비명조차 지르지 못한 채로 뒤로 볼썽사납게 나자빠지고 말았다.

그런 그의 무력한 모습에 눈살을 찌푸릴 법도 한데, 의외로 어느 누구도 그것을 지적하지 않았다.

아니, 지적할 틈이 없다고 하는 게 정확했다.

"거, 검이……!"

"허, 허공에 떠 있다니!"

지면으로부터 정확하게 일장 높이에 둥둥 떠 있는 검.

모두가 홀린 듯 그것만 바라봤다.

그도 그럴 것이 검술의 경지가 극에 달해야만 펼칠 수 있다는 어검술이 아니라면 절대로 불가능한 일이었기 때문이다.

그와 동시에 날카롭게 벼려진 묵빛 검신에 초서체로 음각된 두 개의 글씨가 모두의 눈에 각인되듯이 들어왔다.

―영호(英豪).

이윽고 묵빛의 검은 어딘가를 향해서 날아갔고, 모두의 시선도 그를 따라갔다.

그러자 어느 틈에 열려 있는 회의실의 문 앞에 버젓이 서있는 한 사내의 모습이 모두의 눈에 들어왔다.

창―!

청명한 금속음과 함께 사내의 검집 안으로 들어가는 장검.

그와 함께 사내, 이신은 날갯짓하듯 양팔을 활짝 폈다가 가슴 앞에 모으면서 말했다.

"처음 뵙겠습니다. 영호검주 이신입니다."

바야흐로 역사 속에 잊혔던 영호검주의 재등장을 알리는 인사였다.

第四章
칠성초현(七星初現)

이신의 인사에 장내가 일순 조용해졌다.

그럴 만도 했다.

가문 내에서도 이미 사라진 지 오래라는 존재를 실제로 마주한 것이니까.

거기다 늙었다고는 해도 나름 경륜과 실력을 쌓은 노강호인 대장로를 일수에 제압할 정도의 실력마저 보여줬으니 태연하게 있는 게 오히려 더 힘든 일이었다.

그러다 문득 누군가의 음성이 장내를 가득 채웠던 침묵을 깨뜨렸다.

"잠깐, 이신이라면 분명 정천무관의 그 이신 아닌가?"

"뭐? 그 이신이라면……."

"설마 소문의 풍파신검(風波新劍)이란 말인가!"

이신을 바라보는 중인들의 시선에 감탄과 놀라움이 반반씩 묻어났다.

그럴 만도 했다.

현재 이신은 무한에서 제일 유명한 사람이라고 해도 과언이 아니었으니까.

지금까지 누구도 함부로 대하지 못했던 금와방을 건드린 것도 모자라서 하룻밤 만에 금와칠객과 금와방주를 단신으로 쓰러뜨린 남자!

말 그대로 검 하나로 무한 땅에 거센 풍파를 일으킨 거나 마찬가지이기에 사람들은 무려 그를 풍파신검이라고 부르기 시작했다.

거기다 얼마 전 금와방에게 반강제로 빼앗겼던 포목 사업체를 되돌려 받았던 것도 다 이신 덕분이었으니 어떤 의미에서 보자면 그는 유가장의 은인이라고 할 수 있었다.

한데 그런 이신이 알고 보니 유가장의 숨겨진 수신호위였다니!

그 와중에 쓰러졌던 대장로가 비척거리면서 자리에서 일어났다.

"크윽……."

"괜찮으시오, 대장로?"

서둘러 다른 장로 중 한 명이 그를 부축하려고 했지만, 대장로는 그의 손길을 거칠게 뿌리쳤다.

　그러고는 벌겋게 충혈된 눈으로 이신을 노려보면서 말했다.

　"네놈이 영호검주라고? 그래, 일신의 무공이야 노부도 인정한다! 하지만 겨우 그것만 가지고 네놈을 본가의 영호검주라고 인정할 수는 없다!"

　단호한 대장로의 말에 나머지 장로들을 비롯한 대다수의 생사결 반대파가 고개를 끄덕였다. 심지어 찬성파 중에서도 몇몇 고개를 끄덕이는 자가 있을 정도였다.

　어찌 보면 그건 너무나 당연한 반응이었다.

　제아무리 이신 스스로 영호검주라고 주장한들, 정작 신분을 증명할 만한 표식이나 증거도 없는 상황에서 뭘 믿고 그를 영호검주라고 인정한단 말인가?

　그의 무력이나 유명세와는 엄연히 별개의 문제였다.

　대장로의 말이 이어졌다.

　"거기다 네놈의 검, 거기에 음각된 글씨도 내가 아는 영호검주의 것과는 완전히 다르다."

　"아, 그러고 보니……."

　"그럼 가짜란 말인가?"

　대장로가 미처 눈치채지 못하고 넘어간 부분을 상기시키자 모두 일제히 수군거렸다.

단번에 장내의 분위기가 이신에게 불리한 방향으로 돌아가
자 그 기세를 몰아 대장로가 외쳤다.

"만약 네가 진짜 영호검주라면 알고 있을 것이다! 지금 이
자리에서 자신의 정체를 증명할 수 있는 유일한 방법이 무엇
인지를!"

그의 말에 이신의 한쪽 입꼬리가 올라갔다.

"그리 말하는 당신은 그 방법이 무엇인지 알고 있소?"

"그, 그건……!"

지금까지 막힘없이 이어지는 대장로의 말이 처음으로 막혀
버렸다.

그럴 만도 했다.

사실 그도 전대 가주를 통해서 영호검주의 존재와 그를
증명하는 방법이 있다는 정도만 알고 있을 뿐, 구체적으로
는 그것이 무엇인지까지는 전혀 아는 바가 없었기 때문이
다.

그렇게 이신의 질문에 곤욕을 치루고 있던 대장로를 구원
한 것은 뜻밖의 인물이었다.

"내가 알고 있네."

음성의 주인은 다름 아닌 가주 유정검이었다.

지금껏 상황을 지켜보기만 하던 그가 앞으로 나서자 대장
로 등은 한 걸음 뒤로 물러서지 않을 수 없었다.

그렇게 모두의 시선을 한 몸에 받으면서 앞으로 나선 유정

검은 몰래 곁눈질로 이신을 바라봤다.

'이신이라······.'

처음에는 미처 알아보지 못했지만, 그의 이름을 듣자마자 유정검의 뇌리로 불현듯 한 사람의 얼굴이 떠올랐다.

언제나 과묵하면서 무인다운 모습으로 항상 든든하게 자신의 옆을 지켜주었고, 남몰래 서로 의형제를 맺었던 둘도 없는 지기.

다름 아닌 이신의 양부, 이극렬의 모습이.

그리고 그 사실을 자각하는 순간, 그의 얼굴과 눈앞의 이신이 조금씩 겹쳐 보이기 시작했다.

특히 깊은 두 눈매와 누구에게도 굽히지 않겠다는 양 일자로 앙다문 입은 완전히 그와 똑같았다.

마치 서로 피를 나누진 않았지만, 대신 그를 대신할 만한 정과 인연으로 맺어진 부자지간임을 만천하에 증명하기라도 하는 것처럼.

유정검의 입꼬리가 저도 모르게 살짝 올라갔다.

'정말 몰라보게 컸구나, 신아.'

처음 봤을 때만 하더라도 자신의 가슴팍에도 오지 않는 왜소한 체격의 소년이었거늘. 언제 저리도 훤칠한 장부가 되었단 말인가?

무엇보다 최근 금와방과 관련해서는 그에게 큰 빚을 지고 말았다.

당장이라도 그를 부둥켜안으면서 그에 대한 고마움을 표현하는 것은 물론이거니와 그간 혼자서 어찌 살아왔는지, 왜 지금까지 아무런 연락이 없었던 것인지 등을 하나하나 묻고 싶었다.

하지만, 유정검은 애써 그런 자신의 마음을 진정시켰다.

엄연히 공은 공, 사는 사.

지금 그는 이신의 의숙이 아닌 유가장의 가주로서의 신분이었다.

그렇다면 가주로서 해야 할 일에 집중하는 게 옳았다.

현실로 되돌아가기 무섭게 그의 입가에 지어졌던 미소가 거짓말처럼 사라졌다.

그와 동시에 유정검은 장내의 모든 이가 듣기에 충분한 크기의 성량으로 말했다.

"영호검의 주인이 되는 자, 북쪽 하늘의 정기를 머금은 일곱 개의 별과 함께 나타나도다."

"북쪽 하늘의 정기?"

"일곱 개의 별과 함께?"

모두가 고개를 갸웃거렸다.

대관절 북쪽 하늘의 정기는 무엇이고, 일곱 개의 별은 또 뭐란 말인가?

뭔가 영호검주의 정체와 관련된 중요한 단서들 같기는 한데, 도통 무엇을 의미하는지 감조차 잡을 수 없었다.

그러나 한 가지 사실만큼은 분명했다.

진정 이신의 정체가 당대의 영호검주라면 필시 유정검의 한 말이 무슨 뜻인지 알아들었을 것이고, 아니면 오히려 당황할 것이라고.

자연 모두의 시선이 유정검에게서 이신 쪽으로 향했다.

그렇게 자신에게 쏠린 좌중의 이목에도 이신은 눈 하나 깜짝하지 않았다.

그저 속으로 혼자 가만히 되뇔 뿐이었다.

지금 그의 손에 들린 애검, 영호검을 처음 인도받았을 때 장철만과 나누었던 일련의 대화들을.

* * *

"영호검의 주인이 되는 자, 북쪽 하늘의 정기를 머금은 일곱 개의 별과 함께 나타나도다."

"네?"

갑작스레 내뱉은 장철만의 말에 이신은 검집에다 영호검을 막 집어넣으려다 말고 의아한 표정을 지었다.

이에 장철만은 도리어 놀란 듯한 얼굴로 말했다.

"설마 모르는 것이냐?"

"아, 네. 솔직히 오늘 처음 들어보는 말입니다. 혹 영호검주와 관련된 겁니까?"

양부 이극렬은 영호검주라는 자신의 정체에 대해서 타계 직전에서야 겨우 그에게 밝혔다.

그 후 사부 종리찬과의 만남을 계기로 마교에 입문하게 되고, 엎친 데 덮친 격으로 정마대전에까지 참여한 이신으로서는 그 이상의 정보는 알래야 알 수 없었다.

때문에 장철만의 말이 그저 영호검주와 관련된 거라고 지레 짐작할 따름이었다.

그런 이신의 반응에 장철만이 저도 모르게 너털웃음을 터뜨렸다.

"허허, 렬이 이 친구. 이제 보니까 정말로 너에게 아무것도 가르쳐 주지 않았구나."

"송구합니다……."

이신이 진정 면목이 없다는 얼굴로 말하자, 장철만은 되려 손사래를 치며 말했다.

"송구는 무슨. 모르는 걸 모르다고 하는데 어찌 그걸 보고 나무라겠느냐. 오히려 내가 지레짐작해서 너무 앞서간 바람에 실수한 게지."

이윽고 장철만은 슬그머니 창밖의 허공을 바라보면서 말했다.

"하긴, 렬이 그 친구가 여러 모로 입이 참 무거운 편이었지. 더욱이 상대가 너라면 굳이 몰라도 될 사실은 아예 말하지 않았을 것이고."

"확실히 그런 분이셨지요."

이신에게 혹독하기 그지없는 기초 수련을 강요하면서 정작 왜 그리 해야만 하는 지에 대해서는 내내 묵묵부답이었던 게 그 증거다.

물론 최후의 순간에 그 모든 게 그를 다음 대 영호검주로 양성하기 위한 준비의 일환이었음을 밝히긴 했지만, 여전히 이신은 영호검주에 대해서 아는 것보다 모르는 게 더 많았다.

물론 거기에는 영호검주의 신물인 영호검에 대한 것도 포함되어 있었다.

잠시 추억에 잠겨 있던 장철만은 다시 시선을 그에게로 돌리면서 말했다.

"간단히 말해서 영호검은 영호검주의 모든 것, 동시에 분신이기도 하다. 하지만 그건 그저 상징적인 뜻에서의 의미가 아니다."

장철만은 말을 마치면서 영호검의 손잡이를 살짝 어루만졌다.

지잉—

그러자 특유의 묵빛 검신이 가벼이 떨리면서 나지막한 검명음이 흘러나왔다.

마치 함부로 주인이 아닌 자가 자신을 만지지 말라고 시위하는 것처럼.

이전과 달리 이신의 피를 한차례 머금어서 영성을 각성했기에 일어난 현상이었다,

그런 영호검을 달래듯 조심스러운 손길로 매만지면서 장철만은 마저 말을 이었다.

"사실 영호검에게는 한 가지 비밀이 있느니라."

"비밀, 이라고요?"

가벼이 흘려들을 수 없는 말이었다.

더욱이 낡은 영호검을 수리하는 것을 넘어서 무려 새롭게 재생시키기까지 한 명장 장철만의 입에서 나온 말이기에 그 무게는 남달랐다.

때문에 이신은 아까보다 진중한 얼굴로 이어지는 그의 말에 귀를 기울였다.

"이건 오로지 영호검주와 직접 영호검을 만든 장인만 알고 있는 사실이다. 아까 처음에 내가 말한 것과도 무관하지 않은데, 실은……."

*　　　*　　　*

지이잉—

느닷없이 귓가에 울리는 검명에 이신은 잠깐 동안의 상념에서 깨어났다.

허리춤을 바라보자 검집 안에서 저절로 떨리고 있는 영호

검이 보였다.

마치 어서 빨리 자신을 꺼내달라고 재촉하는 듯한 그 모습에 주변에선 벌써부터 난리법석이었다.

뒤늦게 그 사실을 감지했지만, 이신은 결코 서두르지 않았다.

오히려 잘 연마해서 검게 염색한 소가죽을 감싼 게 장식의 전부인 수수한 검집을 한차례 매만질 따름이었다.

그러다 문득 진지한 얼굴로 불과 씨름 중이던 장대호의 모습이 떠올랐다.

'소호가 숙부님 밑에서 일한 지 일 년째라고 했던가?'

너무 오래된 바람에 새로이 만들어진 영호검.

당연히 짝을 이루는 검집도 새로이 만들어야 마땅했다.

그리고 그 작업은 신검인 영호검을 새로 벼리고 두드리느라 바빴던 장철만 대신 그의 제자이자 이신의 지기, 장대호의 손에 의해서 이루어졌다.

'녀석, 철방 일이 싫다고 버릇처럼 투덜대더니만.'

비록 검집에 불과하지만, 이신 정도의 안목이라면 충분히 친우의 솜씨가 어디까지 왔는지 짐작하고도 남았다.

이 정도 완성도의 검집이라면 웬만한 도성의 대장간 장인이 만든 것과 비교해도 충분히 견줄 만큼 뛰어난 축에 속한다고 볼 수 있었다.

물론 스승 장철만에 비하면 아직 한참 멀었다고 볼 수 있지만, 그건 어디까지나 장철만과 비교해서였다.

도저히 겨우 일 년 남짓 일하면서 배운 거라고는 보기 어려운 솜씨.

재능도 재능이지만, 분명 정식으로 일하기 전부터 틈틈이 철방을 들락거리면서 기술을 하나하나 배우고 익힌 것이리라.

그렇지 않고서야 천하의 장철만이 뒷골목 무뢰배였던 장대호를 제자 겸 양자로 받아들일 리 만무했다.

다시금 이신의 입꼬리가 살짝 올라갔다가 원래 자리로 돌아왔다.

동시에 그의 손이 움직였다.

채앵―!

장내를 한차례 밝혔다가 사라지는 묵광, 그리고 뒤늦게 그 뒤를 잇는 맑은 쇳소리!

내내 칭얼대던 영호검의 검명음이 어느덧 뚝 그쳤고, 모두가 이신만 바라봤다.

그런 가운데 하단전에서 흘러나온 내력이 이신의 몸 안을 빠르게 질주했다.

그리고 심장 어림에 위치한 배화륜도 천천히 회전하기 시작했다.

끼릭― 끼리릭―

오직 이신에게만 들리는 톱니바퀴가 서로 맞물려서 돌아가는 소리.

배화륜 고유의 회전음이었다.

화아아아악—!

그와 동시에 이신의 몸에서 수증기 같은 김과 함께 백색의 기운이 일어났다.

이신의 신형에서 흘러나오는 강맹한 기운에 장내의 사람들은 너 나 할 것 없이 일제히 숨이 턱 막혀왔다.

뿐만 아니라 내력이 약한 이들은 서둘러 내력을 일으켜서 자신을 보호해야 할 정도였다.

'이, 이 무슨……!'

'정녕 이게 사람의 기운이란 말인가?'

절정에 다다른 고수의 기운은 겉으로 유형화된다는 말은 익히 들어봤지만, 이신의 경우는 아무리 봐도 그들이 알고 있는 수준을 아득히 초월하고 있었다.

그러는 사이, 이신은 배화륜에 의해서 배가된 진기를 천천히 영호검 쪽으로 도인하였다.

평소보다 몇 배로 진기의 흐름이 빠르고 거칠어졌다.

그것은 마치 저 넓은 초원 위를 누비는 수십, 수백 마리의 야생마 무리를 연상케 했다.

그러나 이신은 아무런 어려움 없이 진기를 안정적으로 제어했다.

그렇게 미쳐 날뛰는 진기의 흐름이었지만 이신이 의념을 보내자 놀랍게도 어미 뒤를 졸졸 따르기에 바쁜 병아리들처럼 순종적으로 변하는 것이었다.

하지만 그보다 더욱 놀라운 일이 뒤이어 벌어졌다.

우우우웅!

진기가 도인되기 무섭게 묵직한 진동음을 자아내는 영호검. 그 묵빛의 검신 위로 서서히 일곱 빛깔의 보광이 어리기 시작했다.

그리고 보광은 점차 하나의 점으로 화했고, 이윽고 그 점과 점 사이를 백색의 선이 이었다.

그렇게 일곱 개의 점이 연결되어 완성된 형상은 흡사 커다란 국자 모양을 연상케 했다.

이에 누군가 저도 모르게 중얼거렸다.

"…북두칠성?"

북두칠성(北斗七星).

오랜 옛날부터 길잡이로 이용되던, 사람들과 널리 친숙해져 온 별 중의 하나이자 인간의 수명을 관장하는 별자리이기도 하다.

하지만 그보다 먼저 좌중의 뇌리에 떠오른 것은 좀 전에 가주 유정검이 했던 말이었다.

　　—북쪽 하늘의 정기를 머금은 일곱 개의 별과 함께 나타나도다.

북쪽 하늘과 일곱 개의 별.

생각해 보면 왜 진작 떠올리지 못했을까 싶을 정도로 너무나 간단한 단서들이었다.

그렇기에 이제는 누구도 부인할 수 없었다.

북두칠성의 보광을 뿜어대는 저 검이야말로 영호검주의 상징이라는 것을.

또한 눈앞의 이신이 진정 유가장주의 수신호위, 영호검주 본인이라는 사실을 말이다.

이에 윤자성을 비롯한 찬성파들의 얼굴이 눈에 띄게 밝아졌다.

안 그래도 홀로 금와방주와 금와칠객을 격파한 것으로 유명해진 이신이 아니던가?

이 정도면 충분히 해볼 만했다.

아니, 단순히 해볼 만한 수준이 아니었다.

그간 자신들에게 수치심과 굴욕감을 계속 안겨준 금와방 놈들에게 제대로 본때를 보여줄 수 있다.

환희에 가득 찬 그들의 모습을 보면서 이신은 영호검에 주입했던 진기를 조용히 거둬들였다.

그러자 보광은 금세 점멸하고, 영호검은 다시 본연의 묵빛을 되찾았다.

이윽고 그의 시선이 딱딱하게 굳은 채로 서 있는 대장로에게 향했다.

"자, 원하는 대로 증거를 보였소. 이래도 믿지 않으시겠소?"

"……."

이신의 물음에 대장로는 꿀 먹은 벙어리가 되었다.

자신뿐만 아니라 모두가 직접 눈으로 영호검주의 증표를 확인한 마당이니 더 이상 우겨봤자 소용없다는 걸 은연중에 깨달은 것이다.

그렇게 반대파의 수장인 대장로가 침묵하는 것을 확인한 이신은 시선을 유정검 쪽으로 돌렸다.

"다시 한 번 정식으로 가주께 인사 올립니다. 당대 영호검주 이신입니다. 그리고 본의 아닌 사정으로 그간 가주의 옆자리를 비우고 만 것을 용서하시길."

당당한 그의 인사에 유정검이 할 수 있는 것은 그저 고개를 끄덕이는 것뿐이었다.

그만큼 이신의 정체가 충격적이었지만, 정작 그 이상으로 유정검을 충격으로 빠트린 것은 불현듯 뇌리에 떠오른 한 가지의 인과추론이었다.

'신이가 당대 영호검주라면, 그럼 혹시 전대 영호검주는…….'

유정검은 서둘러 무언의 시선을 이신에게로 보냈다. 그러자 이신은 아무것도 묻지 않았음에도 고개를 미비하게 아래위로 끄덕였다.

이에 비로소 죽은 지기의 비밀을 알게 된 유정검의 눈시울이 뜨겁게 달아올랐지만, 끝내 그는 아무런 말도 할 수 없었다. 그저 천장을 올려다보면서 한참 동안 침묵할 따름이었다.

그렇게 이신의 정체가 명확히 밝혀지자, 장내에는 한 가지 묘한 분위기가 형성되기 시작했다.

그것은 바로 금와방과의 충돌을 긍정적으로 생각하는 이들이 노골적으로 흘리는 적의와 열기로 가득 찬 전장의 공기였다.

그야말로 일촉즉발이 따로 없었다.

그리고 그 분위기에 숨이 막힌다 싶을 때쯤이었다.

쿵―!

갑작스레 정적을 깨는 소음. 그것은 바닥에 머리를 부딪칠 만큼 엎드리면서 난 소리였다.

오체투지에 가까운 자세를 취한 자, 그는 다름 아닌 생사결 찬성파의 수장 겸 묵천대의 대주인 윤자성이었다.

윤자성은 붉게 멍이 든 이마를 숨기지 않은 채 상석에 앉아 있는 유정검을 향해서 외쳤다.

"가주, 본가의 가신이 아닌 한 사람의 무인으로서 감히 한 말씀 올리겠습니다!"

말을 올리겠다. 그 말을 과대 해석하자면 가주인 유정검더러 그저 자신이 하는 말을 듣고만 있으라는, 어떤 의미에선 하극상 이상으로 건방지고 위험한 발언이었다.

하지만 유정검은 그런 윤자성의 잘못을 탓하지 않고, 천천히 고개를 끄덕였다.

"말해보게."

유정검의 허락이 떨어지기 무섭게 윤자성은 즉시 다물었던 입술을 떼면서 말했다.

"앞서 소가주께서 말씀하신 대로 금와방과 본가는 이미 건널 수 없는 강을 건넌 상태입니다. 더욱이 본가는 그간 금와방에게 이루 말로 다 할 수 없는 굴욕과 치욕을 당해왔습니다. 불과 얼마 전까지만 하더라도 강제로 본가의 대공녀를 대상으로 정략혼을 진행하려고 했던 저들입니다!"

대공녀 유세화의 강제 혼담을 언급하는 대목에서 윤자성의 언성이 저도 모르게 높아졌다. 듣고 있던 젊은 무인들의 표정도 시시각각 붉어졌고, 어떤 이는 소리 나게 이를 갈아댔다.

그것은 금와방에 대한 분노이기도 했지만, 당시 그러한 굴욕을 당했음에도 가만히 있을 수밖에 없었던 스스로의 나약함에 대한 분노이기도 했다.

그 여느 때와도 비교할 수 없는 격정에 휩싸인 채로 윤자성은 마저 말을 이었다.

"심지어 소가주께서는 저들 방주의 막내아들 때문에 하마터면 목숨마저 잃을 뻔했습니다. 이런 이 상황에서마저 검을 뽑아 들지 않는다면 어찌 스스로를 무인이라 자처할 수 있겠습니까? 그러니까 부디……!"

한 사람의 무인으로서 당당할 수 있도록, 혹은 오랜 악연을 청산할 수 있도록.

"부디 금와방과의 생사결을 허락해 주십시오!"

"……!"

윤자성의 진심 어린 호소.

거기에는 그 어떠한 계산이나 단 한 점의 사심도 깔려 있지 않았다.

그저 순수한 무인으로서의 결의요, 순수한 투쟁심의 발로였다.

그런 순수한 의지는 으레 그렇듯 의외의 파급력을 가지게 마련이었다.

털썩!

난데없이 무릎 꿇기 시작하는 장내의 무인들.

대부분이 혈기왕성한 젊은 무인들이었으나, 얼마 지나지 않아서 반대파 쪽에 해당하던 나이든 무인들도 뒤따라 무릎을 꿇었다.

늙고 젊고를 떠나서 윤자성의 호소에는 충분히 듣는 이의 마음을 움직이게 하는 힘과 울림이 있었다.

그러한 가운데, 윤자성이 다시 한 번 크게 소리 높여 외쳤다.

"허락해 주십시오. 가주!"

"허락해 주십시오!!!"

윤자성의 선창에 한데 입을 모아서 제창하는 무인들!

그렇게 한마음 한뜻으로 똘똘 뭉친 그들의 모습은 실로 압도적이었다.

그토록 생사결에 결사적으로 반대하던 대장로조차 이 순간만큼은 열화와 같은 윤자성 등의 패기에 압도당해서 뭐라 입을 열지 못했다.

그런 그를 제치고 유지광이 입을 열었다.

"아버님, 부디 결단을 내려주십시오."

"으음!"

담담한 말투이지만 눈빛만은 이미 활활 타오르고 있는 아들의 재촉 앞에 유정검도 더는 대답을 미룰 수가 없다는 것을 실감했다.

아니, 자칫하다간 저들 모두의 신뢰를 잃을지도 모른다는 위기감마저 느꼈다.

'어찌 해야 한단 말인가?'

이미 추는 한쪽으로 기울어졌다. 더는 되돌릴 수도 없고 되돌려서도 안 된다.

그러나 유가장의 운명이 걸린 중대 사안을 자신의 손으로 결정지어야 한다는 사실이 못내 부담스러웠다.

거기에 '하다못해 몸이 정상이었다면…'이라는 오랫동안 유정검의 심신을 좀먹어온 저주와 같은 자격지심이 더욱 그를 망설이게 했다.

바로 그때였다.

[숙부, 한 가지 말씀드릴 게 있습니다.]

갑자기 들려온 이신의 전음, 이어지는 그의 말에 유정검의 눈이 저도 모르게 부릅떠졌다.

동시에 빠른 속도로 이신 쪽으로 고개를 돌린 그의 표정에는 도저히 믿을 수 없다는 기색이 역력했다.

그렇게 유정검이 뚫어지게 바라봤지만, 이신은 그저 조용히 침묵할 따름이었다.

이에 몇몇 눈치 빠른 자들은 이신과 유정검에게 남몰래 대화를 나누었다는 것을 깨달았지만, 구체적인 내용까지는 알 길이 없었다.

그저 유정검이 놀랄 만한 무언가라고 얼추 짐작할 따름이었다.

그리고 잠시 후, 한 차례의 심호흡과 함께 원래의 신색으로 돌아온 유정검은 줄곧 자신만 바라보는 좌중을 향해서 말했다.

"오늘부터 본가는 금와방과의 생사결을 위한 준비에 들어간다."

그렇게 결전의 활시위는 당겨졌다.

                    *   *   *

그날 저녁.

황급히 찾아온 악무호의 말에 가짜 금와방주는 눈을 동그
랗게 떴다.

"열흘? 지금 열흘이라고 했소?"

"그렇소이다, 방주. 저들 주장으로는 방주가 조건을 내걸었
다면 마땅히 자신들 쪽에서도 조건을 내걸어야 공평한 게 아
니냐는 건데……"

악무호는 말끝을 흐리면서 가짜 금와방주의 눈치를 살폈
다.

잠시 아무런 말없이 탁자를 두드리던 가짜 금와방주는 턱
을 매만지면서 뇌까렸다.

"흠. 완전히 억지 주장이 아니긴 하군."

생각 이상으로 유가장의 대응이 제법이었다. 기껏해야 자신
들 쪽의 조건을 인정할 수 없다면서 길길이 날뛰던가 아니면
뒤늦게 어쭙잖은 화평책이라도 제시하려고 사신이나 한두 명
보낼 줄 알았거늘.

'유가장의 가주가 다 죽은 폐인이라고 하더니, 그래도 머리
는 제법 돌아가는 모양이군.'

어차피 유가장 입장에서 생사결은 피해갈 수 없는 노릇이

었다.

그렇다면 차라리 조금이라도 더 유리한 조건으로 생사결을 펼칠 수 있도록 어떻게든 의견을 타진하는 쪽으로 방향을 잡는 게 현명했다.

그런 가운데, 유독 한 가지 의문이 가짜 금와방주의 뇌리에서 떠나지 않았다.

'왜 하필이면 열흘일까? 뭔가 그 안에 상황이 역전시킬 만한 방책이 있는 걸까?'

혹 유가장 가주의 병세가 급속도로 호전시킬 수 있는 방법을 찾았다거나, 그도 아니면 가장 눈엣가시인 이신의 도움을 받을 요량일까?

'아니, 불가능하다.'

유정검의 병세는 고작 열흘 정도로 차도를 보일 만큼 만만한 것이 아니라는 것을 이미 사전의 조사를 통해서 확인한 상태였다.

혹시 또 모른다. 화타가 살아 돌아왔다고 믿을 만큼 놀라운 의술의 신의나 소림사의 대환단 같은 영약을 구할 수 있다면 눈에 띄게 호전될 가능성이 있긴 했다.

물론 그럴 가능성은 한없이 낮았다.

애당초 신의나 영약은 천운에 가까운 행운이 따르지 않으면 결코 일평생 마주할 수 없는 것들이었으니까.

하물며 고작 중소방파에서 벗어나지 못하는 유가장의 수준으로는 인맥의 도움조차 바라기가 어려웠다.

'혈영사신, 그자가 유일한 변수이긴 하지만… 뭐 그건 어디까지나 무력 쪽에 해딩하는 거니까.'

행여 어떤 변칙적인 수단을 통해서 이신을 생사결의 상대로 내보낸다고 한들 가짜 금와방주는 상관없었다.

어차피 그의 목적은 생사결의 승리도 뭣도 아닌 전혀 다른 것이었으니까.

그런 속내를 숨긴 채 가짜 금와방주는 마치 어려운 결정을 내리는 사람처럼 말했다.

"후우, 하는 수 없구려. 이쪽에서도 그쪽의 조건을 받아들인다고 전해주시오."

"저, 정말 괜찮으시겠소?"

악무호가 반문하자 가짜 금와방주는 어깨를 으쓱했다.

"먼저 조건을 제시한 건 이쪽이니 하는 수 없지요."

"으음."

악무호는 생각보다 쉬이 유가장의 조건을 인정하는 가짜 금와방주의 모습에 내심 의아해하였지만, 이내 그냥 넘어갔다.

모를 땐 그냥 가만히 흐름에 몸을 맡기는 게 상책이라는 걸 오랜 세월을 통해서 터득했기 때문이다.

덕분에 그는 미처 보지 못했다.

자신을 바라보는 가짜 금와방주의 눈에 일순간 조롱의 빛이 어렸다가 사라지는 것을.

　그렇게 최종적으로 금와방과 유가장의 생사결은 열흘 뒤 정오 무렵에 치르는 것으로 정해졌다.

第五章
은거마의(隱居魔醫)

철은 두드리면 두드릴수록 단단해지는 성질이 있다.

그래서 백 번을 담금질한 금속을 백련정강이라고 부른다.

그러나 같은 백련정강도 만드는 사람의 솜씨에 영향을 받게 마련이다.

장인의 손에서 제련된 백련정강은 같은 철도 두부처럼 벨 만큼 그 예기나 강도가 이미 범상함을 초월하게 된다.

오래전 장철만에게 들었던 백련정강에 대한 이야기를 떠올리며 유정검은 눈을 빛냈다.

그의 눈앞에서 유하검법을 펼치고 있는 아들 유지광의 모습은 마치 장인이 제련한 백련정강을 보는 것 같았다.

'다르다.'

얼마 전, 자신의 밑에서 유하검법을 배웠을 때만 하더라도 유지광의 유하검법은 초식의 형만 거우 따라할 뿐, 그 안의 심오한 의미나 각 초식 간의 연환이나 흐름은 어색하기 그지없었다.

그러나 오늘 유지광의 모습은 달랐다.

이전과 달리 초식과 초식이 서로 맞물리듯 연결이 매끄럽기 그지없었다.

심지어 그보다 수십 년은 더 오래 유하검법을 익혀온 유정검이 보기에도 각 초식의 동작에 군더더기가 거의 느껴지지 않을 정도였다.

이것만 봐도 알 수 있었다.

유하검법에 대한 유지광의 이해도가 결코 자신보다 아래가 아니라는 것을.

아니, 어쩌면 그가 내닫지 못한 새로운 경지에 말을 들여놓은 건지도 몰랐다.

그래서일까?

유정검은 유지광의 검무로부터 한시도 눈을 뗄 수가 없었다.

저도 모르게 꽉 쥔 두 주먹에 땀으로 촉촉하게 젖어가는 것조차 모를 만큼 말이다.

촤좌좌좌좍―!

마지막으로 연무장 위를 가득 메우는 백색 검기의 폭포를 마주하는 순간, 유정검의 표정에는 이루 말할 수 없는 허탈함으로 가득했다.

"…신이의 말이 사실이었구나."

오늘 아침, 동이 채 뜨기도 전에 그를 찾아온 이신은 무작정 말했다.

잠시 가봐야 할 곳이 있다고.

이에 혹여 그가 자리를 비운 사이에 금와방에서 무슨 짓이라도 저지르면 어떻게 하냐고 묻자, 그는 망설임 없이 말했다.

'광이를 의지하십시오. 숙부.'

처음엔 그 말이 무슨 뜻인가 싶었다. 그러자 뒤이어서 이신은 놀라운 말을 내뱉었다.

'광이의 유하검법은 이미 대성에 가까워졌습니다.'

유하검법의 대성.

그것은 유정검이 평생에 꿈꿔온 경지요, 또한 미지의 세계이기도 했다.

한데 자신의 아들인 유지광이 먼저 그 경지에 발을 들이려고 한다니.

그 말을 곧이곧대로 믿을 유정검이 아니었다.

이에 이신은 정 못 믿겠으면 직접 눈으로 확인해 보라고 하였고, 그 결과가 지금 눈앞의 검무였다.

"허허허, 내가 그동안 세상을 헛살았구나."

그러나 유정검은 허탈하고 맥 빠지는 말과 다르게 아이처럼 해맑은 표정이었다.

괄목상대한 자식을 보며 삿된 마음을 품는 부모는 세상에 없는 법이다.

물론 부모가 아닌 무인으로서는 좀 뼈아픈 일이기는 했다.

자신이 유하검법을 익혀온 세월만 따져 봐도 유지광의 나이보다 훨씬 많았다. 한데 그런 세월의 격차를 불과 열흘도 안 되는 시간 만에 따라잡혔다.

'그러고 보니 어느새 광이 저 녀석이 훌쩍 자라 있었구나.'

늘 어리다고만 생각했다.

하지만 언제나 내려다봐야 할 것 같았던 유지광이 이제는 자신보다 헌칠한 장부가 되었음을 깨달았다.

'오늘은 광이 저 녀석과 술이라도 한잔해야겠구나. 그럼 오늘이 아들과 나누는 첫 술자리인 셈인가? 이래저래 바쁘다는 핑계로 다 자란 아들에게 주도를 가르칠 생각도 못 하고 있었구나. 허허허!'

그렇게 유정검이 아들의 성장을 흡족해하고 있을 때, 검무를 마친 유지광이 연무장 아래로 내려왔다.

유정검의 눈에는 완벽하기 그지없는 유하검법을 펼쳤음에도 그의 표정은 생각 외로 영 개운치 못했다.

'아직도 멀었구나.'

유하검법의 마지막 초식인 유하만천을 완성하면서, 동시에 그것이 유하검법의 끝이 아니라는 것 역시 깨달은 유지광이었다.

이에 이신에게 급히 도움을 청했지만, 그는 단호하게 말했다.

'엉뚱한 생각은 말고, 지금의 유하검법부터 완전히 네 것으로 만드는 데 집중해라. 그러면 저절로 네 문제는 해결될 것이다.'

비록 마지막 초식인 유하만천까지 익혔다고 하지만, 그것은 어디까지나 초식의 형만 익힌 것에 불과할 뿐이었다.

아직까지 유지광은 완전히 유하검법을 대성했다고 말하기 어려웠다.

그 점을 꿰뚫어 본 이신의 지적은 실로 뼈아팠다.

결국 하루아침에 해결될 일이 아니라는 것만 재확인할 따름이었다.

'후우, 언제쯤이면 형님을 따라잡을 수 있을까?'

유지광의 입에서 저도 모르게 나지막한 한숨이 튀어나왔다. 어느 사이엔가 유지광은 이신을 자신의 이상으로 여기고 있었다.

그럴 수밖에 없었다.

이립을 넘긴 이신의 나이는 기껏해야 유지광보다 열 살 남짓 많을 뿐이었다.

한데도 그의 무위는 유지광으로선 가히 범접할 수 없을 정도였고, 심지어 지난날 금와방에서의 일이나 이번 일까지 전부 다 포함해서 그 행보는 심히 따라할 엄두조차 않을 만큼 대담했다.

무공과 배짱.

하나조차 갖추기 어려운 그것들을 이신은 모두 가지고 있었다.

그러다 보니 유지광은 절로 이신에게 무한한 경외심을 느낄 수밖에 없었다.

경외심은 곧 동경으로 변했고, 동경은 하나의 목표로 화했다.

─언젠가 이신에게 범접할 수 있을 만큼의 고수가 되고 말리라!

현재 유지광의 상황과 처지를 생각하면 그야말로 꿈같은 소리에 불과했지만, 유지광 딴에는 진지하게 그것을 일생일대의 목표로 잡았다.

자고로 꿈은 클수록 좋다고 하지 않은가?

그리하여 그 원대한 꿈의 첫 걸음으로 우선 유하검법부터 대성하기로 마음먹은 유지광이었지만, 어째 현실은 그리 녹록치 않았다.

'이래서야 열흘 뒤에 형님한테 뭔가를 보여주기는커녕 퇴보나 안 하면 다행이겠군.'

한숨과 함께 그는 어젯밤 이신과 나누었던 대화들을 천천히 떠올렸다.

                    *   *   *

"결국 형님의 말씀대로 되었군요. 참으로 대단하십니다, 형님."

금와방에서 유가장의 조건을 받아들였다는 게 알려지자마자 유지광은 흥분을 감추지 못했다.

그럴 수밖에 없었다.

일찍이 금와방 측에서 자신들의 조건을 거부하지 못할 거라고 이신이 예상한 바 있었고, 그런 그의 예상이 보기 좋게 맞아떨어졌기 때문이다.

그러나 정작 이신의 얼굴은 그리 밝지 않았다.

"이상하군. 너무 쉽게 이쪽의 조건을 받아들였어."

"예? 그게 이상한 일인가요?"

유지광의 의문에 이신이 말했다.

"말이 서로 동등한 입장일 뿐, 사실 금와방 쪽에서 반드시 이쪽의 요구를 들어줘야 할 이유는 어디에도 없다고 할 수 있으니까."

막말로 금와방의 전력이라면 굳이 유가장과의 생사결을 치를 필요도 없이 곧바로 전면전을 치르는 게 훨씬 더 나았다.

한데 생사결을 받아들이는 것도 모자라서 곧이곧대로 이쪽의 조건까지 수락하다니.

예전 강제 정략혼 건을 포함해서 어떻게든 모든 일을 자신들 위주로 풀어나가던 과거 금와방의 행보와 비교하면 너무나도 이질적이었다.

"어쩌면 생각 외로 이번 생사결을 저쪽에선 그리 중요치 않게 여기는 걸지도 모르지."

아무래도 그쪽으로 무게가 실렸다.

그런 금와방의 태도가 어쩐지 능위군이 죽고 난 다음의 행보와 묘하게 겹쳐졌다.

자신의 친 혈육이 죽었음에도 곧바로 행동에 나서지 않고 수면 아래로 가라앉은 것처럼 조용히 지내던 바로 그때와 말이다.

"뭔가 다른 노림수가 있음이 분명해."

그게 무엇인지까지는 아직 확실치는 않았지만, 이신의 자신의 육감을 믿었다.

이에 유지광도 뭔가 이상함을 느낀 듯 표정이 굳어졌지만, 이내 곧 웃으면서 말했다.

"괜찮을 겁니다. 저들이 뭘 꾸민들 충분히 대응할 수 있을 겁니다. 이쪽에는 다른 사람도 아닌 무려 형님이 계시니까요."

"그랬으면 좋겠지만……."

유지광의 자신에도 이신은 끝내 한 점의 의심을 떨칠 수 없었다.

자신이 강하다고 한들, 그것은 어디까지나 무력에 한해서였다.

예전 혈영대주로서의 강함은 결코 그 혼자만의 힘으로 이룩한 게 아니었다.

다름 아닌 그의 수하들, 다섯 명의 조장을 비롯한 다른 혈영대의 도움이 있기에 비로소 가능한 명성이요, 위명이었다.

그걸 너무나도 잘 알기에 이신은 현재의 자신이 완벽하지 않다는 걸 너무나도 잘 알았다. 때문에 쉬이 불안을 떨칠 수 없었다.

'거기다 이해할 수 없는 건 금와방뿐만이 아니지.'

무당파의 운검. 그의 속내도 못내 궁금하기 그지없었다.

처음 생사결을 제시할 당시, 자신의 편을 들어준 것까지는 좋았지만 정작 그것이 무슨 의도에서 비롯된 건지 좀체 알 수가 없었다.

'적이 아니라는 것까지는 알겠지만…….'

그렇다고 해서 아군이라고 보기도 어렵다고 할까.

'이래저래 정보가 부족하군.'

이전부터 계속 느끼고 있던 사실이었지만, 이참에 혈영대만큼은 아니더라도 어느 정도 자신만의 조직을 갖추지 않으면 안 된다는 것을 이번 기회에 뼈저리게 느꼈다.

애당초 이번에 없어졌던 정천무관을 새로이 부활시키려고 한 것도 그러한 복적 때문이 아니던가.

더 늦기 전에 본격적으로 무관을 일으켜 세워야겠다고 이신은 남몰래 다짐했다.

'뭐, 주변에서 충당할 만한 인원이 아예 없는 것도 아니니까.'

그에 관해선 전혀 내색하지 않은 채로 이신은 말했다.

"아무래도 내일 출발해야겠구나."

"네? 갑자기 어디를 말입니까?"

갑작스러운 이신의 말에 유지광이 눈을 휘둥그레 뜨면서 묻자 이신은 싱긋 미소를 머금었다.

"너희 아버지께 물어보면 자연스레 알게 될 거다."

"저희 아버지한테요?"

유지광은 더더욱 모르겠다는 표정을 지었지만, 이신과의 말은 거기서 끝났다.

그저 의문만 깊어질 따름이었다.

*　　　　*　　　　*

그렇게 현실로 되돌아온 유지광은 어느덧 아버지 유정검이 바로 앞까지 다가오는 것을 느꼈다.

'아버지한테 물어보면 안다라. 도대체 무슨 뜻일까?'

말 그대로의 의미인지, 아니면 뭔가 다른 뜻이 있는 것인지 좀체 감을 잡기 어려웠다.

그런 유지광의 속내를 아는지 모르는지 유정검은 그저 흐뭇하다는 얼굴로 입을 열었다.

"뭘 그리 혼자서 곰곰이 생각하는 것이냐?"

유정검의 물음에 유지광은 에라 모르겠다는 심정으로 말했다.

"실은 그게⋯⋯."

그대로 어젯밤에 이신이 했던 말을 유정검에게 전하자마자 그의 눈이 살짝 커졌다.

"허어, 나에게 물어보면 안다라. 그럼 역시 잠시 갈 곳이 있다고 한 것은 그런 의미였던 건가?"

"그런 의미라뇨?"

"너도 잘 알 것이다. 어제 회의장에서 신이가 남들 모르게 나에게만 뭐라고 말한 것을."

"아, 그러고 보니⋯⋯."

확실히 이신이 유정검에게 뭐라고 전음을 보내긴 했다.

'그리고 아버지께서 뭔가 화들짝 놀라는 듯한 표정을 짓기도 하셨지.'

그게 이번 이신의 행동과 무슨 관련이 있다는 것일까.

유지광이 의아한 눈빛을 보내자 유정검이 알 듯 모를 듯한 미소를 머금으며 말했다.

"그 아이가 나한테 묻더구나."

그리고 이어지는 그의 말에 유지광의 눈은 마치 찢어질 듯이 커지고 말았다.

"잃어버린 무공을 되찾고 싶지 않느냐고 말이다."

유가장이 다시 일어나기 위해서 가장 시급히 해결해야 할 문제가 무엇일까?

이신은 다름 아닌 가주 유정검의 부활이라고 판단했다.

무가란 엄연히 무력으로서 자신의 위치와 영향력을 확립하는 법.

세력으로서의 유가장은 장로들도 굳건히 자리를 버티고 있고, 계속 무인들도 새로이 받고 있어서 타 세력에 비교해서 크게 밀리는 편은 아니었다.

그러나 결정적으로 다른 세력에 비해서 현저하게 부족한 부분이 있었다.

그건 바로 혼자서 싸움의 판세를 뒤집을 만한 고수의 부재!

따지고 보자면 그 전까지는 그나마 명맥을 유지해 오던 유가장이 지금과 같이 몰락한 것도 유정검이 주화입마로 폐인이 되어 쓰러지고 난 다음부터가 아니던가?

그나마 유지광이 이신의 가르침을 받고 일류를 넘어서 절정을 바라보고는 있었지만, 아직까지 경험과 연륜이 현저하게 부족했다.

그렇다고 해서 유가장 측에서 자체적으로 새로이 고수를 양성하거나 끌어들일 만한 여건이 되는 것도 아니었다.

결국 장기적인 안목으로 봐도 현 상황을 타개하기 위해서는 다른 무엇보다 유정검이 다시금 무공을 회복하도록 돕는 게 급선무였다.

하지만 이신의 능력으로도 그건 불가능한 일이었다.

제아무리 그가 대단하다고 한들, 무공이 강한 것과 사람을 고치는 것은 엄연히 별개의 문제였기 때문이다.

그렇다면 해결책은 단 하나뿐이었다.

바로 유정검의 병세를 고칠 수 있는 사람을 직접 이곳으로 데리고 오는 것이었다.

유가장을 떠난 지 어언 사흘째가 되는 지금, 이신이 인적조차 드문 대별산(大別山) 중턱을 헤매고 있는 것도 그 때문이었다.

"분명 여기쯤이었던 것 같은데?"

이신은 가물가물한 기억을 더듬으면서 주위를 연신 두리번 거렸다.

모르는 사람이 보면 쓸데없이 녹음만 잔뜩 우거졌을 뿐, 마땅히 어떤 특정한 장소를 구분할 만한 표식조차 찾기 어려울 지경이었다.

하지만 그런 상식을 비웃기라도 하듯 이신의 눈은 곧 포착

했다.

일순간 울창한 숲의 경계선에서 일렁였다가 사라지는 미세한 아지랑이와 같은 것을.

그것은 다름 아닌 진법의 흔적이었다.

이신의 입꼬리가 살짝 올라갔다.

"찾았군."

그것은 유정검의 무공을 회복할 수 있는 첫 단추를 무사히 뗐다는 의미이기도 했다.

이제 남은 것은 하나뿐이었다.

'과연 그가 계속 여기에 남아 있을까?'

마냥 확신할 수는 없었지만, 그래도 이신은 일말의 기대를 저버리지 않았다.

적어도 그가 알고 있는 그자는 타인의 신의를 무작정 저버릴 만큼의 무뢰배는 아니기 때문이었다.

이신은 곧바로 주저 없이 아지랑이 속으로 성큼 발을 들여놨다.

파파팟—

일 보를 내딛기 무섭게 변화무쌍하게 변화하기 시작하는 주변의 정경.

멀게 보였던 산봉우리가 가까워진다든지, 아니면 분명 막혀 있지 않았는데 눈앞의 절벽이 나타난다든지 하는 등의 그야말로 상식에서 벗어난 변화들이었다.

이는 이곳에 설치된 진법이 적을 격살하는 살상용 진법이 아닌 그저 들어온 사람을 헤매게 만들어서 내쫓는 미로진(迷路陣)의 일종이라는 증거였다.

본디 미로진이란 사람의 감각이나 인식을 교묘하게 비틀어서 길을 헤매게 하는 게 요체인 진법.

그런 진법 안을 누비는 것이다 보니 제아무리 순서에 맞게 보법을 밟는다고 한들, 과연 자신이 제대로 나아가고 있는지 종종 헷갈릴 수밖에 없었다.

'좋군.'

하지만 눈앞에서 계속 변화하는 풍경 앞에서도 이신은 당황하기는커녕, 오히려 진법이 정상적으로 작동하다는 사실에 내심 기꺼운 눈치였다.

그럴 수밖에 없는 것이 원래 진법이란 것은 처음부터 상당한 공을 들여서 만드는 것이니만큼 시간이 지날 때마다 정기적으로 진법 자체를 보수하지 않으면 제 기능을 발휘하기 어려운 법이었다.

그 말을 달리 해석하자면 지금까지 쭉 누군가가 진법을 관리해 왔다는 소리이기도 했다.

'다행히 헛걸음하지는 않았군.'

그리 여기면서 이신은 좌로 다섯 걸음을 움직이는 순간이었다.

우우우우우웅—!

정체를 알 수 없는 기음과 함께 주변의 풍경이 다시금 변하기 시작했다.

하지만 그 변화는 앞서 미로진의 환영괴는 달랐다.

그것은 이신이 진법의 생문(生門)을 제대로 찾아서 통과했다는 증거이자 진법 뒤에 가려져 있던 본래의 모습으로 되돌아가는 과정이었다.

그렇게 약 일각 정도의 시간이 지났을 무렵, 어느새 이신의 눈앞에 웬 못 보던 낡은 오두막 한 채가 보란 듯이 서 있었다.

오두막을 바라보면서 이신은 저도 모르게 아련한 표정을 지었다.

무리도 아니었다.

겉보기엔 보잘것없어 보이지만, 이신에게 있어서는 이곳은 꽤나 특별한 사연을 지닌 장소였으니까.

하지만 이신은 곧 다시 현실로 되돌아왔다.

지금 한가로이 과거의 추억이나 되새기고 있을 때가 아님을 스스로도 잘 알기 때문이었다.

그는 쥐죽은 듯 조용한 오두막을 향해서 외쳤다.

"이제 와서 없는 척해봤자 소용없습니다, 선배님! 설마 제 눈을 속일 수 있다고 여기시는 건 아니겠지요?"

"……"

처음엔 아무런 대답도 들려오지 않았다.

그야말로 정적만이 주변을 감싸는 가운데, 이신의 입꼬리가 비릿하게 올라갔다. 진법에 의해 감춰져 희미하긴 해도 안에서 기척이 느껴졌던 것이다. 원체 작아서 그의 것인지 살짝 의심되긴 했지만.

"끝까지 모른 척하신다면, 하는 수 없지요."

화르르르륵—!

말이 끝나기 무섭게 이신의 손바닥 위로 백열의 불길이 한 자 가까이 치솟아 올랐다. 심지어 영호검까지 서슴없이 꺼내 들었다.

이와 같은 이신의 행동이 무얼 의미하는 지는 굳이 더 설명할 필요도 없었다.

"부디 제 손이 매섭다고 원망하지 마시길."

최후통첩과도 같은 말과 함께 이신이 주먹을 힘껏 뒤로 당기려는 찰나였다.

"…할아버지는 지금 안 계세요."

갑자기 오두막에서 들려온 작은 음성. 그것은 분명 어린 소녀의 것이었다.

'이 목소리는… 아, 그랬나.'

이신은 그 말소리의 주인에 관해 짐작 가는 바가 있는지 고개를 끄덕였다.

안에서 느껴지는 기척이 어쩐지 그의 것이라 하긴 너무 작았던 것에 내심 이상하다는 생각이 들었던 것이다.

이윽고 오두막의 문을 열고 열 살 정도 되었음직한 어린 소녀가 빠끔 고개를 내밀었다.

특이하게도 소녀의 머리카락은 옅은 회색빛을 머금은 은발이었다. 반면 동그랗게 뜬 두 눈은 검은빛인 터라 두 가지가 실로 대조적인 조화를 이루고 있었다.

'과연 맞구나. 저 정도면 꽤나 진행된 듯한데……'

이신이 그녀를 바라보며 생각에 잠겼을 때였다.

"누구세요?"

경계심이 가득한 소녀의 물음에 이신이 곧 정신을 차리고 답하려 그 순간,

채챙!

작은 쇳소리와 함께 무언가가 바닥에 툭 떨어져 내렸다.

살기를 느낀 순간 벼락처럼 신형을 돌린 이신이 영호검을 휘둘러 쳐낸 것이었다.

"침?"

그것도 허벅지도 꿰뚫을 만치 기다란 장침이었다.

이신은 곧장 고개를 옆으로 돌렸다.

그러자 그곳에는 웬 회의장삼 차림의 노인이 망태기를 든 채로 서 있었다.

이에 이신은 주먹의 불길을 흔적도 없이 꺼트렸고, 영호검 역시 검집 안에다 도로 집어넣었다.

그러고는 정중하게 포권을 취하면서 말했다.

"오래간만입니다, 선배님. 그간 강녕하셨는지요?"

그의 인사에 회의 노인은 대놓고 팍 인상을 찌푸렸다.

"강녕은 개뿔, 그런 놈이 남의 집에서 이리 행패를 부리는 것이냐?"

노인의 타박에 이신도 면목이 없는 듯 고개를 긁적였다.

"저야 선배님께서 집에 계신 줄 알았지요."

설마 그가 아닌 그의 손녀가 자신을 반길 줄은 꿈에도 몰랐다.

"한데 이 다 늙은 노인네는 무슨 연유로 찾아온 거냐?"

"다 늙은 노인네라니요. 언제부터 천하의 마의(魔醫)께서 그리도 겸손해지신 겁니까?"

이신의 말은 괜한 말이 아니었다.

생사마의(生死魔醫) 반자량.

작금의 무림에서 그 이름 석 자를 모르는 이는 거의 없다고 해도 과언이 아니었다.

그도 그럴 것이 천하제일의라고 불리는 신수의가(神手醫家)의 가주, 백학의선(白鶴醫仙) 남도휘와 어깨를 나란히 할 수 있는 유일한 사람이 바로 그였기 때문이다.

오죽하면 백도에 의선이 있다면, 마도에는 마의가 있다는 말이 공공연하게 전해지겠는가.

더군다나 그는 의술뿐만 아니라 본신의 무위도 만만치 않았다.

혹자는 의원이 무슨 무공이냐 싶겠지만, 그건 현실을 잘 몰라서 하는 말이다.

반자량의 환자 가운데서는 자신의 신원이 드러나길 꺼려하거나 꼬리를 매달고 오는 자들이 있었는데, 그런 자들은 십중팔구 은혜를 원수로 갚는 경우가 허다했다.

그러다 보니 하나밖에 없는 자신의 목숨을 지키기 위해서라도 무공을 익히지 않으면 안 되었다.

더욱이 무인을 주로 상대하는 만큼 환자들 가운데서는 치료비 대신 희귀한 무공 비급 같은 것을 주는 경우도 더러 있었다.

덕분에 잘 알려지진 않았지만, 반자량의 무위는 못해도 절정급이었다.

그건 앞서 보여준 한수로 증명된 거나 마찬가지였다.

그렇게 서로 말없이 지켜보는 가운데, 갑자기 침묵을 깨는 이가 있었다.

"할아버지, 아는 사람이야?"

은발 소녀의 물음에 반자량은 언제 인상을 찌푸렸냐는 듯 환하게 웃으면서 말했다.

"아이쿠, 우리 강아지. 추운데 뭐 하러 밖에 나와 있어. 얼른 안으로 들어가."

비단 날씨가 그리 쌀쌀한 것도 아니건만, 그럼에도 반자량은 때 아닌 요란법석을 떨어가면서 소녀를 얼른 오두막 안으로 밀어 넣었다.

그러고는 자신도 약간 겸연쩍었는지 한차례 헛기침을 한 뒤 말했다.

"허흠! 머, 뭘 그리 멀뚱히 서 있는 게냐? 어서 빨리 안으로 들어오지 않고."

그러고는 이신의 대답은 듣지도 않고 오두막 안으로 냉큼 들어가 버렸다. 이에 이신은 잠시 생각에 잠긴 듯했지만, 곧 군말 없이 그의 뒤를 따랐다.

*   *   *

오두막 안에 들어선 이신을 반기는 것은 짙은 약향이었다.

실제로 약재를 보관하는 수납장이 사방의 벽면을 빼곡하게 채우고 있었다.

하지만 그것들을 자세히 구경할 틈도 없이 반자량은 대충 자리에 앉자마자 툭 내뱉듯이 말했다.

"무슨 일로 찾아온 거냐?"

거두절미하고 곧바로 본론으로 들어가는 반자량의 화법에 이신은 내심 고개를 내저었다.

'예나 지금이나 직설적인 건 여전하시군.'

그게 반자량 본연의 성격이기도 했지만, 그만큼 의아한 것이기도 하리라.

그도 그럴 것이 그의 입장에서 봤을 때, 이신의 방문은 꽤나 뜻밖이었을 테니까.

이신은 슬쩍 저쪽 방문 틈새로 몰래 자신을 엿보고 있는 소녀를 일별한 뒤 말했다.

"선배님의 도움이 필요한 환자가 있습니다."

"환자?"

이신의 대답에 반자량은 이게 무슨 개소리냐는 표정을 지었다.

치료할 환자가 있기에 그를 찾아왔다. 그 말 자체는 그리 문제될 게 없었다. 정작 반자량이 문제 삼는 것은 그보다 더 본질적인 부분에서였다.

"그 나이에 벌써 치매라도 온 것이냐? 내 분명히 그날 자네 앞에서 말했을 텐데? 더 이상은 환자를 받지 않겠다고 말이야."

반자량의 말에 이신은 무거운 얼굴로 고개를 끄덕였다.

"알고 있습니다."

"하나 더. 특히 무림과 관련된 자들과는 상종조차 않겠다는 것도 기억하느냐?"

"그 또한 기억합니다."

"그렇다면 이야기는 빠르겠군. 만나서 반가웠다. 그럼 잘 가거라."

실로 가차 없는 반자량의 축객령.

그러나 정작 이신은 앉은 자리에서 꿈쩍도 하지 않았다. 그에겐 반자량의 마음을 돌릴 한 수가 아직 남아 있었다.

반자량의 주름진 이맛살이 더욱 일그러졌다.

이윽고 그가 뭐라 입을 열려는 찰나, 이신이 먼저 선수를
쳤다.

"구양세가(歐陽世家)."

"……!"

이신의 말이 끝나기 무섭게 반자량의 눈이 찢어질 듯 커졌
다. 하지만 곧 고개를 내저으며 말했다.

"가, 갑자기 무슨 말을 하는 것이냐? 구, 구양세가라니. 도대
체 무슨 말을 하는 것인지 통 모르……."

"듣자하니 대대로 구양세가의 혈족에게는, 특히 어린 여아
들에게만 발병하는 병이 있다고 들었습니다."

잠시 말을 멈춘 뒤 이신은 문틈으로 계속 자신을 엿보는 반
자량의 손녀를 바라봤다.

그와 눈을 마주친 여아는 놀란 듯 얼른 방문을 닫아버렸지
만, 이신은 그 틈으로 찰랑거렸다가 사라지는 은발을 놓치지
않았다.

이윽고 그는 의미심장한 미소과 함께 반자량을 바라보면서
말했다.

"저 아이, 구음절맥(九陰絶脈)이지요?"

第六章
마의비사(魔醫祕事)

　구음절맥.

　그것은 무림에 전해지는 여러 절맥 가운데서도 가장 최악이라고 손꼽히는 천형(天刑)의 체질이었다.

　본래 사람은 선천적으로 음과 양, 두 개의 기운이 함께 어우러져서 몸 안에서 조화를 이루게 마련인데, 구음절맥은 그 균형을 무너뜨리는 까닭이다.

　마치 편식하듯 하나의 기운이 다른 기운보다 월등했기에.

　인체에는 양기가 흐르는 맥과 음기가 흐르는 맥이 있다. 이를 삼음삼양경(三陰三陽經)이라 하는데, 그중 삼음경이라

불리는 여섯 개의 경락과 기경팔맥 중 임맥과 독맥을 제외한 세 개의 음혈까지 동시에 막힐 경우 이런 현상이 일어나는 것이다.

더욱이 구양세가의 혈통에서만 발생하는 구음절맥은 따로 현음구절맥(玄陰九絶脈)이라고 구분할 만큼 여타 구음절맥보다도 그 증상이 더욱 심각하다는 게 통설이었다.

일반 구음절맥보다 훨씬 지독한.

"…어찌 안 것이냐?"

반자량이 무겁게 입술을 뗐다.

"간단합니다. 손녀 분의 머리카락이 남들과 다른 것도 인상 깊었고, 선배님께서 유독 손녀 분의 바깥 외출을 꺼려하시는 것을 보고는 대충 지레짐작한 것이죠."

"허, 지레짐작이라고? 그 말을 지금 믿으라는 것이냐?"

담담한 이신의 말에 반자량은 어처구니가 없다는 표정을 지었다. 그러면서 살짝 미심쩍다는 얼굴로 이신을 바라봤다.

단순히 넘겨 깊었다고 하기엔 방금 전 이신의 말투나 표정은 너무 진지하였고, 왠지 모를 확신에 차 있었다.

그는 따로 자신의 손녀에 대한 소개도 받지 않았음에도 대뜸 그녀와 구양세가를 서로 연관시켰다.

구음절맥이야 앞서 이신의 말대로 외모에서 드러나는 특징과 반자량의 행동 등을 통해서 어찌어찌 유추할 수 있을지도 모른다.

하지만 고작 구음절맥에 걸렸다는 이유만 가지고 구양세가와 그녀 사이를 서로 연관 짓는다는 건 억지에 가까운 추론이었다.

막말로 변두리 촌구석에 사는 양민 가운데서도 구음절맥을 타고난 이가 태어나는 경우가 아예 없지는 않았으니까.

그렇기에 이 모든 게 지레짐작이라는 이신의 말에는 다소 어폐가 있었다.

그렇게 무거운 침묵이 흐르는 것도 잠시, 이신을 노려보던 반자량이 돌연 한숨을 내쉬었다.

"후우! 그래, 백번 양보해서 네 말대로 그냥 지레짐작으로 얻어걸렸다고 치자. 한데 그게 지금 내가 환자를 안 받는 것과 무슨 상관이 있다는 거냐?"

반자량의 말은 일견 타당했다.

하지만 이신은 그리 여기지 않는 모양이었다.

"과연 상관이 없을까요?"

"뭣?"

이건 또 무슨 소리냐는 표정으로 바라보자 이신은 사방의 약재 수납장을 한차례 둘러본 뒤 말했다.

"이방에 들어서자마자 느껴지는 약향 중에서 꽤나 저한테 익숙한 약재들이 있더군요. 구기자, 장뇌삼, 황기…… 종류는 제각각이지만 하나같이 모두 양기를 북돋아주는 종류의 약재군요."

"음."

침음성과 함께 반사랑의 눈이 가늘어졌다.

따로 약초에 대해서 배우지도 않은 문외한인 이신이 어찌 그리도 약초에 대해서 훤히 꿰뚫고 있는지에 대한 놀라움의 표현이었다.

이유는 간단했다.

앞서 그가 나열한 약재들은 과거 사부 종리찬이 배화구류공의 토대가 되는 정순한 양기를 단시간 내에 기르기 위한 목적으로 특별한 비율로 배합한 약수에 어김없이 포함된 것들이기 때문이다.

더욱이 염마종의 재정은 다른 마종들보다 압도적으로 빈약했던 터라 따로 약초를 구입할 만한 여건이 되지 않았다.

사정이 그러다 보니 이신은 자신이 복용할 약수를 위해서 매일 새벽마다 산에 오르는 경우가 허다했고, 덕분에 다른 건 몰라도 양기를 북돋아주는 약초 부분에 관한 지식은 꽤 넓다고 자부하는 바였다.

"거기다 조금 전까지 짊어지고 계시던 저 망태기에 든 약초들. 저것들은 다른 약재들이 가진 독성을 최대한 중화시켜 주는 용도군요. 단순히 양기를 북돋우기 위해서라면 굳이 저것들이 필요하지도 않을 텐데 말입니다."

"…말하고 싶은 것이 뭐냐?"

반자량은 무시무시한 눈으로 이신을 노려봤지만, 그는 전혀 주눅 들지 않은 채로 말했다.

"선배님께서 환자를 안 받겠다는 이유. 그건 바로 손녀 분의 구음절맥 치료에만 전념하기 위해서가 아닙니까?"

"……"

반자량은 침묵했다.

그것은 이신의 말이 맞다고 간접적으로 시인하는 꼴이었다.

하긴 그렇지 않고서야 앞으로 절대로 환자를 받지 않겠다고 다짐한 그의 집에 이토록 많은 약재들이 비축되어 있을 하등의 이유가 없었다.

이는 앞서 이신에게 강조했던 그의 철칙과는 상당히 모순된 상황이었다.

"굳이 자신의 철칙을 어기면서까지 살리려고 하는 손녀 분, 아니 저 구양세가의 여식은 도대체 누구입니까? 정확하게 어떤 사이인 겁니까?"

말을 하면서 이신은 은밀히 자신과 반자량의 주위로 얇은 기막을 펼쳤다.

혹여 두 사람의 대화를 엿듣고 있을지도 모르는 은발 소녀를 배려한 행동이었다.

상황이 이리 되자 반자량도 더는 진실을 숨기기 어려워졌다.

그는 무거운 한숨을 내쉰 뒤, 천장을 올려다보며 넋두리하듯 말하기 시작했다.

"그건 내 나이 이립을 갓 바라볼 때쯤의 일이었네……."

*   *   *

아직 젊었을 적 반자량은 무림의 이름난 세가 중 하나인 구양세가에 몸을 의탁하고 있었다.

당시 구양세가에서는 거액을 들여서 의원들을 모집하고 있었는데, 반자량도 그중 한 명이었던 것이다.

그러다 우연히 한 여인과 알게 되었는데, 그게 바로 당시 구양세가 가주 구양범의 차녀였던 구양수연였다.

특이하게도 그녀는 주변의 후기지수들보다도 오로지 의술에만 전념하는 반자량에게 관심을 보였는데, 거듭되는 그녀의 적극적인 애정 공세에 처음에는 무뚝뚝하던 반자량도 결국엔 두 손 두 발 다 들고 말았다.

그렇게 남 몰래 연분을 쌓아가던 두 사람이었지만, 행복한 시간은 그리 오래가지 않았다.

두 사람의 관계를 눈치챈 구양세가 측에서는 단호하게 반대의 의사를 피력했다.

뿐만 아니라 그들은 반자량에게 모욕적인 언사까지 퍼부어가면서 그를 가문 밖으로 내쳤다.

당시 무명의 의원이었던 반자량이 느낀 모멸감과 수치심은 이루 말로 설명할 수 없을 정도였지만, 그쯤이야 어떻게든 참고 넘어갈 수 있었다.

정작 그를 괴롭게 한 것은 다름 아닌 정인 구양수연과의 생이별이었다.

그것만은 도저히 참을 수 없어서 매일같이 구양세가의 문을 두드린 그였으나, 그때마다 두들겨 맞으면서 내쫓기기 일쑤였다.

그럼에도 반자량은 마음 한편에서 희망의 끈을 놓지 않았다.

자신과 구양수연의 사랑은 결코 이 정도로 무너질 리 없다는 믿음에서 비롯된 희망이었다.

하지만 그런 그를 비웃기라도 하듯 얼마 안 있어서 구양수연과 남궁세가 차남과의 혼약 소식이 그의 귀에 들려왔다. 반자량과는 감히 비교도 할 수 없을 만큼 명가의 자손이었다.

이에 충격을 받은 것도 잠시, 반자량은 직접 진실을 확인하고자 그녀를 찾아갔지만 끝내 그는 구양세가의 군건한 문턱을 넘을 수 없었다.

그리고 며칠 후, 보란 듯이 구양세가를 떠나는 꽃가마의 행렬을 멀리서나마 지켜보면서 반자량은 자신의 청춘이 끝났음을 실감했다.

정인에 대한 배신감과 좌절감에 사로잡힌 반자량은 거의

반쯤 폐인에 가까운 생활을 반복했다.

그러다 좌절감은 어느덧 세상에 대한 분노로 바뀌었고, 분노는 그의 오기를 부추겼다.

그는 이 모든 게 자신이 아무것도 이룬 게 없기 때문이라 여겼다.

만약 자신이 천하제일의라는 신수의가의 가주만큼의 명성을 가졌다면 결코 이런 식으로 그와 구양수연 사이를 억지로 갈라놓을 리 없었다.

이에 그는 어떻게든 명망 높은 의원이 되어서 언젠가 구양세가에게 그대로 복수하고 말겠다는 새로운 목표에 불타올랐다.

그날 이후로 그는 다른 걸 다 제쳐 두고 오로지 의술에만 미친 듯이 매달리기 시작했다.

심지어 그는 보다 정확하게 인체의 구조를 파악하고자 손수 무덤을 파서 시체를 해부하는 반인륜적인 행동조차 서슴지 않았고, 아예 전장 이곳저곳을 제집처럼 떠돌아다니기까지 했다.

그런 그의 모습은 광인이라 해도 과언이 아니었다.

그 결과, 수십 년 후 사람들은 그를 생사마의라고 부르기 시작했다.

처음 목표로 했던 신수의가의 가주와도 어깨를 나란히 하는 명성을 얻은 격이었지만, 대신 어느 누구도 그와 가까이 하려고 하지 않았다.

외골수처럼 명성과 의술만을 추구하다보니 저도 모르게 고립되고 만 것이었다.

하지만 그는 그것을 전혀 후회하지 않았다.

처음에는 구양세가와 세상에 대한 분노로 시작했지만, 어느덧 그는 자신의 남은 인생을 오로지 의술의 발전에 바치기로 결심할 만큼 의술에 푹 빠져 있었다.

그렇게 시간이 흘러 구양세가에 대한 증오는 물론이요, 정인 구양수연과의 추억도 뇌리에서 퇴색되어 갈 때쯤, 한 장의 서신이 그를 찾아왔다.

서신의 겉면에 적힌 이름 석 자를 보는 순간, 반자량은 저도 모르게 화들짝 놀라고 말았다.

놀랍게도 그것은 당시 모든 사람들이 반대하던 그와 구양수연 사이를 유일하게 지지한 어린 시녀의 이름이었다.

황급히 서신을 펼치자 그 안에는 실로 놀라운 내용이 적혀 있었다.

*　　　*　　　*

"서신에 적혀 있는 내용들은 하나같이 모두 다 충격적이었지."

반자량은 몰랐지만, 당시의 구양수연은 태중에 그의 아이를 배고 있었다.

사실상 남궁세가와의 정략혼도 그 때문에 파토가 나고 말 았다.

이를 괘씸하게 여긴 그녀의 아버지는 구양수연의 이름을 호적에서 파버리는 것도 모자라서 그녀를 일체의 패물도 없이 가문 바깥으로 내쫓아 버렸다.

평생 귀하게만 자라온 구양수연에게 있어서 바깥세상의 풍파는 그야말로 가혹하기 그지없었다. 더욱이 그녀는 홀몸도 아니었다.

갖은 고생 끝에 어느 빈민가에 자리하게 된 그녀는 반자량의 아들을 낳았고, 그때부터 무슨 일이든 닥치는 대로 해가면서까지 하나뿐인 아들을 부양하는 데 힘썼다.

그런 그녀의 피나는 고생과 노력 덕분에 아들은 무사히 장성하였고, 인근 농가의 처자와 혼인을 치러서 예쁜 딸까지 얻었다고 했다.

그게 바로 옆방에 있는 소녀이자 그의 친손녀인 구양소소였다.

"그때 처음으로 깨달았지. 아, 내가 한 고생들은 그녀의 지난날에 비하면 아무것도 아니라는 것을. 어떻게 여자 혼자서 그 고생을……."

말하면서 저도 모르게 살짝 울컥했는지 반자량의 눈시울이 붉어졌다.

"참으로 미련한 인생이었지. 나도, 그 여자도……. 어떻게 서로에게 그 흔한 편지 하나 보낼 생각을 안 했는지……."

또한 자신이 존재조차 미처 몰랐던 아들에 대한 미안함과 죄책감도 물밀 듯 밀려왔다.

그렇게 회한에 잠겨 있는 것도 잠시, 곧 반자량의 표정이 급격하게 어두워졌다.

"하지만 그게 전부가 아니었다. 시녀가 보낸 서신에는 더욱 놀라운 사실이 적혀 있었지."

"그게 뭡니까?"

지금껏 가만히 이야기를 듣고만 있던 이신이 저도 모르게 질문했다.

본능적으로 지금부터 반자량이 할 이야기가 진짜 본론이라는 것을 깨달았기 때문이다.

이윽고 반자량은 말했다.

"애당초 시녀가 나에게 서신을 보낸 것은 연매에 대한 소식이나 전하려는 목적이 아니었다. 그보다는 구조 신호에 가까웠지."

"구조 신호?"

이신의 반문은 무시한 채 반자량은 어두운 표정으로 말했다.

"환혼빙인(還魂氷人)이라고 들어봤느냐?"

"환혼빙인이라면… 서, 설마?"

이신이 놀란 얼굴로 저도 모르게 자리에서 벌떡 일어났다.

환혼빙인.

그 저주받은 마물이 처음 세상에 모습을 드러낸 것은 지난 정마대전에서였다.

원래부터 정사지간에 가까웠던 구양세가였지만, 사실 그들의 진면목은 마교의 오대마종에 준하는 혈교(血敎)의 후예였다.

천사련 소속의 그들이 본격적으로 전장에 도입한 환혼빙인은 가히 경세적인 무력을 발휘하는 것은 물론이거니와 철저하게 그들의 명령에만 복종하고 따르는 희대의 인간병기였다.

그 완성도는 마교의 고루마종(骷髏魔宗)에서 만든 고루강시(骷髏僵尸)보다 훨씬 뛰어났지만, 대신 그 개채수가 적다는 게 최대의 단점이었다.

그도 그럴 것이 환혼빙인의 주재료가 되는 것은 다름 아닌 극음의 기운을 가진 여인이었고, 현실적으로 그에 가장 부합하는 것이 구음절맥이었던 것이다.

그러니 환혼빙인의 개채수가 작은 것도 당연한 일이었다. 구음절맥이라는 체질 자체가 희귀하니 대량 생산은 엄두도 낼 수 없었다.

하지만 정마대전은 나날이 격렬해졌고, 물밀듯 터져나오는 고루강시의 물량공세에 대항하기 위해서라도 구양세가에서는 서둘러 하루 빨리 새로운 환혼빙인을 만들어내지 않으면 안 되었다.

그러한 구양세가의 사정과 반자량의 손녀인 구양소소가 구음절맥 중에서도 드물다는 현음구절맥이라는 것이 서로 맞물리는 순간, 이신은 불현듯 깨달았다.

앞서 반자량이 말한 구조 신호가 정확하게 무슨 의미인지를.

창백해진 이신의 얼굴을 바라보면서 반자량은 자조 어린 미소를 터뜨렸다.

"크크크큭, 참으로 우습지 않느냐? 자신의 딸을 헌신짝 내던지듯 할 때는 언제고, 그 딸의 손녀가 이용가치가 있다는 걸 알자마자 냉큼 가문으로 데려오려고 하다니."

"어찌 인간으로서 그런 짓을……."

이신은 차마 말을 끝까지 잇지 못했다.

그러거나 말거나 반자량은 계속 말을 이어갔다.

"서신을 다 읽자마자 나는 연매가 살고 있다는 마을로 무작정 달려갔다."

담담한 말투와 달리 당시의 반자량은 그야말로 폐가 터져나갈 때까지 달리고 또 달렸다.

그리고 실신하기 일보 직전에 겨우 마을에 도착한 그를 반긴 것은 사랑하는 연인의 따뜻한 미소도, 하나뿐인 아들 내외의 해맑은 웃음소리도 아니었다.

그곳에 남은 것은 마을 전체를 뒤덮고 지나간 끔찍한 화마의 흔적뿐이었다.

"한발 늦었던 거지……."

반자량은 처연한 얼굴로 힘없이 뇌까렸다.

그토록 필사적으로 내달렸건만, 언제나 그랬듯이 신은 그의 편이 아니었다.

그렇게 절망하고 있을 때, 뜻밖의 행운이 그를 찾아왔다.

"거기서 우연히 만나게 되었다. 네 사부, 전대 염마종주를 말이다."

이신의 사부, 종리찬.

우연히 마을에 들리게 된 그는 반자량을 알아봤고, 어찌된 영문인지 자초지종을 물어봤다.

충격에 휩싸여 있던 반자량은 지푸라기라도 잡는 심정으로 자신이 아는 바를 전부 털어놨고, 진실을 알게 된 종리찬은 의외로 흔쾌히 그를 도와주겠다고 나섰다.

"나중에 듣기로는 현음구절맥이라는 희귀한 체질의 소유자가 그런 식으로 희생되는 것을 내심 못마땅하게 여겼다는군. 하여간 그 사람도 마인치고 참 별난 사람이었지."

반자량의 말마따나 종리찬은 마인이라기보다는 오히려 괴짜라는 말이 더 어울리는 자였다.

그도 그럴 것이 그는 한 평생을 오직 배화구륜공의 완성에만 매달려 왔으니까.

제아무리 감정이 메마른 자라고 할지라도 반자량의 사정을 듣고 나면 절로 측은지심을 금치 못하리라.

그만큼 그의 한 평생은 실로 눈물과 한으로 점철되어 있다고 해도 과언이 아니었다. 아마 그 자리에 종리찬 대신 이신이 있었더라도 똑같이 그를 도와줬으리라.

그렇게 뜻하지 않게 종리찬이란 고수의 도움을 받게 된 반자량은 화마의 흔적이 얼마 안 되었음을 확인하고 서둘러 추적을 시작했다.

그 결과, 이틀도 채 안 되어서 웬 어린 소녀를 데리고 가는 일단의 무리를 발견할 수 있었다.

"네 사부는 그 자리에서 단번에 구양세가의 무사들을 해치워 버렸다. 그야말로 전광석화 같은 솜씨였지."

그러고는 무사들의 시체를 화골산으로 모조리 녹여 없애는 것도 모자라서 그와 반자량의 흔적이 드러나지 않게끔 주변을 정리하는 치밀함까지 덤으로 보여줬다.

"큰 은혜를 입은 거지. 덕분에 구양세가 측에서도 한동안 사라진 제 수하들과 내 손녀의 행방에 대한 단서를 전혀 찾아낼 수 없을 정도였으니까."

반자량의 얼굴에는 진심으로 고맙다는 기색이 역력했다.

그럴 수밖에 없는 것이 실제로 종리찬의 시기적절한 대처가 아니었다면, 한동안 그는 밤낮 가리지 않고 구양세가의 끝없는 추적에 시달려야 했을 터였다.

더 나아가서는 죽음과 함께 손녀인 구양소소마저 저들에게 빼앗겼을지도 모른다.

그리 따지면 반자량에게 있어서 종리찬은 단순한 생명의 은인인 것을 넘어서 귀인 중의 귀인이라 할 수 있었다.

"지금 이곳도 네 사부가 마련해 준 안가다. 듣자하니 염마종이 개인적으로 소유한 안가 중 하나라는데, 덕분에 신세를 지게 되었구나."

"뭐 인사는 돌아가신 사부님에게 하십시오. 저는 별로 한 것도 없으니까요."

대충 반자량의 말에 맞장구를 치면서 이신은 종리찬이 갑자기 그가 머무는 혈영대의 본진에 방문했을 때를 떠올렸다.

그때 종리찬은 일언반구도 없이 갑자기 구양세가를 조심하라는 말과 함께 염마종의 안가 중 한 곳을 생사마의에게 내줬다는 말을 넌지시 꺼냈다.

그때야 사부가 하는 일이라면 다 그만한 이유가 있겠거니 싶어서 군말 없이 넘어갔지만, 설마 그런 뒷사정이 있었을 줄은 미처 몰랐다.

물론 반자량과 구양세가 사이에 남들이 모르는 뭔가가 있겠다고 미루어 짐작하긴 했지만 말이다.

'설마 이런 사연이었을 줄이야.'

그제야 이신은 슬슬 알 것 같았다.

최근 들어서 반자량이 손녀 구양소소의 치료 외에 무림인 환자를 받지 않겠다는 철칙을 고집하는 진짜 이유가 무엇인지를.

"구양세가의 추적을 의식한 것입니까?"

이신의 물음에 반자량은 주저 없이 고개를 끄덕였다.

"당연하지. 나와 연매의 사이를 알고 있는 그들이다. 당연히 사람부터 보내서 알아보는 게 수순이지."

자고로 매사에 불여튼튼이라고 했다.

설령 구양세가의 소속이 아닐지라도 구양세가 정도의 세력이라면 얼마든지 제삼자를 고용해서 대신 조사하도록 하게 할 수 있었다.

그러니 차라리 그런 일이 일어나기 전에 아예 원인이 될 만한 요소를 원천 봉쇄하는 게 최선의 방안이었다.

때문에 그는 지금과 같이 인적 드문 산중에 꽁꽁 틀어박혀 살았고, 가끔 채집한 약초를 팔거나 물자를 보충하기 위해서 진법 바깥에 나가는 일이 있더라도 결코 환자를 받지 않았다.

그 모든 것이 그와 구양소소의 안전을 위해서였다.

"하지만 결정적인 이유는 따로 있지."

반자량은 돌연 씁쓸한 미소를 머금으면서 말했다.

"육 년 전, 그날의 일이 나로 하여금 의술의 길을 접게 만들었다."

그 말에 이신의 얼굴에도 똑같이 처연한 미소가 떠올랐다.

육 년 전, 유일하게 반자량이 단 한 번 예외적으로 자신의 원칙을 깬 적이 있었다.

그건 바로 종리찬이 지금보다 훨씬 어린 나이의 이신을 등에 업고 불쑥 그를 찾아왔을 때였다.

─제자의 상태가 위중하오. 부디 도와주시오.

당시 이신은 혈영대의 다른 동기들보다 떨어지는 내력 때문에 고민이 많았다.

그러다 보니 그만 운기행공 중에 해서는 안 되는 잡념에 사로잡혔고, 그 결과 주화입마를 맞이하게 되었다.

배화구륜공의 특성상 제어가 되지 않는 내력은 배화륜에 의해서 쉴 새 없이 배가되기를 반복한다.

이는 그야말로 들끓는 불길 속에다 기름을 통째로 퍼붓는 꼴이었다.

만약 이대로 계속 시간이 지난다면 사태는 더욱 악화될 따름이었으나, 그것을 사부 종리찬 혼자서 해결하기란 역부족이었다.

해서 종리찬은 하는 수 없이 이신을 데리고 반자량을 찾아갔고, 당연히 평생의 은인인 그의 부탁을 반자량이 거부할 리 만무했다.

그리하여 천신만고 끝에 이신의 주화입마를 잠재울 수 있었지만, 종리찬이나 반자량에게 있어서 썩 그리 만족스러운 결과라고 보긴 어려웠다.

결국 치료 과정에서 그만 종리찬이 평생에 걸쳐서 쌓아 온 내력을 전부 잃고 말았으니까.

그때는 그게 최선이라고 애써 자위했지만, 지금도 잊혀지지 않을 만큼 반자량 평생을 통틀어서 가장 후회하는 일 중 하나였다.

차라리 자신이 아니라 백학의선이었다면 보다 더 나은 결과가 나왔을 거라는 생각까지 들 정도로 그는 한참 동안 자괴감에 시달렸다.

이윽고 자신이 평생 쌓아 온 의술에 대한 환멸감마저 느끼게 된 반자량은 더는 누구도 치료하지 않겠다고 마음을 단단히 굳히게 되었다.

삼 년 전, 구양소소가 현음구절맥에 의한 발작으로 고통스러워하기 전까지는 말이다.

덜컹—!

갑자기 들려온 소음에 이신과 반자량의 고개가 거의 동시에 움직였다.

정확히는 이신이 옆방의 소음을 듣자마자 얼른 방 안의 기막을 거둔 것이었으나, 지금은 그런 사소한 걸 따질 때가 아니었다.

"서, 설마!"

반자량은 하얗게 질린 얼굴로 허겁지겁 구양소소의 방으로 뛰쳐 들어갔다.

이신이 뒤따라가자 바닥에서 부들부들 떨고 있는 구양소소의 모습이 보였다.

그녀는 입술을 앙다문 채로 고통을 애써 참아내고 있었지만, 그것만으로는 부족했는지 이윽고 입술 사이로 나지막한 신음성을 흘렸다.

"으읏, 으으윽……!"

"소소야!"

손녀의 괴로워하는 모습에 반자량은 서둘러 그녀의 몸을 가까운 침상으로 옮겼다.

그 와중에 그의 양손이 시퍼렇게 물들었는데, 이는 그녀의 전신에서 연기처럼 일어나고 있는 극한의 음기 때문이었다.

특별한 내공심법을 익히지 않았음에도 체내의 음기가 이 정도로 외부에 강하게 발산되다니.

덕분에 이신은 어째서 현음구절맥이 다른 구음절맥보다 더욱 특별하게 여겨지는지 그 이유를 대략이나마 알 것 같았다.

그렇게 살인적인 한기를 발산하는 구양소소의 몸을 연신 아무렇지 않게 살피던 반자량은 주저없이 그녀의 옷을 몽땅 벗겨냈다.

살얼음이 살짝 끼어 있던 옷들이 하나둘 벗겨져 나가자 백옥으로 빚은 듯 새하얀 나신이 적나라하게 드러나기 시작했다.

하지만 지금 이 자리에서 그것을 음탕한 시선으로 바라보는 이는 아무도 없었다.

그리하여 구양소소의 옷을 완전히 다 벗겨낸 반자량은 물 흐르는 듯한 동작으로 허리춤에서 매달려 있던 침통을 꺼내 들었다.

파파파팟―!

전광석화처럼 빠르게 침통과 구양은소 사이를 오가는 반자량의 두 손.

그럼에도 한 자가량의 길이에 달하는 금침은 한 치의 오차도 없이 정확하게 구양은소의 주요 혈도에만 꽂힌다는 게 놀라울 따름이었다.

그렇게 얼마 지나지 않아 그녀의 온몸은 고슴도치처럼 빽빽하게 총 백 개의 금침(金針)으로 뒤덮었다.

동작을 멈춘 반자량은 거친 호흡과 함께 이마에 굵게 맺힌 땀방울을 손으로 연신 훔쳤다.

"후우, 백혈대침술(百穴大針術)로도 이제 슬슬 한계인가. 발작 간격이 예전보다 훨씬 더 줄어들다니."

백혈대침술은 체내의 선천지기를 자극해서 현음구절맥의 발작이 일어나는 간격을 최대한 늦추는 것과 동시에 발작할 때의 고통을 빠르게 잦아들게 하기 위한 용도로 개발한 그만의 독특한 치료법이었다.

그 덕에 백혈대침술의 시술을 받은 구양소소의 상태는 눈에 띄게 좋아졌지만, 문제는 그것이 어디까지나 임시 처방에 불과하다는 사실이었다.

되려 백혈대침술에 의해서 선천지기를 자극하는 일이 잦다 보니 구양소소의 체력은 나날이 눈에 띄게 약해져 갔다.

필시 그 여파로 분명 늦춰졌어야 할 발작의 간격이 더욱 빨라지고 만 것이리라.

"역시 근본적인 치료를 위해선 극양의 속성을 지닌 영약이 필요하단 말인가?"

지금까지는 삼이나 하수오 같은 양기를 북돋우는 약재들로 대신해 왔지만, 사태는 이제 그 정도로는 해결되지 않는 선까지 당도했다.

전설로 내려오는 자엽구지초(紫葉九枝草)나 만년화리의 내단, 아니 하다 못해 소림의 대환단이라도 구할 수 있다면 구양소소의 목숨은 지금보다 수십 년은 더 연장될 것이다.

하지만 안타깝게도 지금 반자량으로서는 그것들을 구할 만한 능력이 없었다.

"빌어먹을!"

저도 모르게 입에서 욕지거리가 나왔다.

수많은 종류의 약초가 자생하는 대별산이건만, 어찌 그중에 정작 구양소소에게 필요한 영약은 하나도 보이지도 않는단 말인가?

그렇다고 해서 대놓고 영약을 구하고자 천하를 떠돌 수도 없는 노릇이었다.

만에 하나 구양세가의 이목에 걸려 버리는 날에는 그날로 모든 게 물거품으로 돌아가고 말 테니까.

'후우, 어찌 하여 하늘은 나에게 이런 시련을 안겨준단 말인가?'

예나 지금이나 하늘이 다 무심할 지경이었다.

그렇게 반자량이 눈앞의 현실에 절망하고 있을 그때였다.

"요컨대 저 아이를 치료하기 위해선 저 지독한 음기를 억누를 수 있는 극양의 기운이 필요하다 이 말이군요."

가만히 지켜보던 이신이 불쑥 내뱉은 말에 반자량의 눈이 돌아갔다.

"자, 자네! 설마 여, 영약을 가지고 있단 말인가!"

반자량은 당장이라도 달려들 듯한 태세로 이신에게 물었다.

그만큼 그는 어떻게든 구양소소를 지금의 고통으로부터 해방시키고 싶다는 마음이 굴뚝같았다.

만약 그럴 수만 있다면, 그는 기꺼이 자신보다 어린 이신의 종이 되어도 상관없을 지경이었다.

그러나 이어지는 이신의 말에 그의 눈이 휘둥그레졌다.

"영약은 아닙니다. 대신 그보다 더 좋은 것을 가지고 있지요."

"더 좋은 것이라고?"

이신이 고개를 끄덕였다. 이전이라면 불가능했을 테지만, 배화구륜공이 새로운 경지로 접어든 지금은 충분히 가능한 일이었기에.

"솔직하게 말씀드리자면 선배님을 뵙기 전까지는 사실 반신반의했었습니다. 과연 꽉 닫힌 선배님의 마음을 돌릴 수 있을지 없을지. 또한 예의가 아닌 줄 알지만 잠시나마 제 일에 눈이 멀어 선배님을 강제할 생각까지 했었습니다. 죄송합니다. 하나 지금은 아닙니다. 그저 눈앞에 고통받는 한 아이의 생명을 구하고 싶을 뿐입니다. 앞으로 선배님의 의술이 살려낼 수많은 사람들을 위해서라도 반드시."

"자네……."

반자량의 감격 어린 눈빛에 이신은 입가에 미소를 머금었다.

그리고 천천히 구양소소의 맥문을 잡았다.

"이제 의원으로 돌아오실 때입니다, 선배님."

키이이잉―!

동시에 눈부신 백광과 함께 오직 그의 귀에만 들리는 톱니바퀴가 돌아가는 듯한 기음이 맹렬하게 울려 퍼지기 시작했다.

第七章
생사결(生死結)

시간은 유수처럼 빠르게 흘러가서, 어느덧 약속된 열흘째의 날이 밝았다.

사전 협의 끝에 유가장과 금와방이 생사결을 치르는 장소는 무림맹 무한지부의 대연무장으로 정해졌다.

공식적으로 백검대주 악무호가 이번 생사결의 공증인을 맡기로 한 터라 그와 같은 결정에 불만을 가진 이는 아무도 없었다.

또한 금와방에서는 기왕 무림맹에서 공증인을 맡은 김에 아예 공개적으로 생사결을 치르자고 제안했다.

유가장의 입장에서도 그리 나쁘지 않은 제안이었다.

모두가 보는 앞에서 보란 듯이 금와방을 꺾는다면 그간 침체되었던 유가장의 입지나 저변을 확 넓힐 수 있는 좋은 기회였으니까.

덕분에 아침 댓바람부터 몰려드는 사람들로 인해서 무한지부는 그야말로 때아닌 인산인해를 이루었다. 이래서야 제때 생사결을 구경할 수나 있을지 의문이었다.

하지만, 어디에나 예외는 있는 법.

무림맹의 배려로 각 중소방파의 수장들은 일찌감치 생사결이 치러지는 대연무장의 관중석, 그것도 대연무장이 한눈에 내려다보이는 가장 맨 앞줄의 정중앙 자리를 떡하니 차지하고 있었다.

어찌 보면 꽤나 불공평한 처사였지만, 사정을 알고 보면 꼭 그렇지만도 않았다.

사실 평소 그들은 매달 기부라는 명목으로 무림맹에 적잖은 액수의 자금을 꾸준히 바치고 있었다.

뭐 때문에 그런 짓을 하나 싶지만, 그것은 현실을 모르고 하는 소리다.

최근 무림 전역에서는 중소방파 간의 갈등이 예전과는 비교하는 게 우스울 만큼 첨예하고 격렬해졌다.

구대문파니 오대세가니 하는 기존의 기득권 세력이 정마대전의 여파로 봉문에 가까운 상태에 이르렀고, 그 틈을 타서 그들의 빈자리를 어떻게든 차지하려는 자들이 대폭 늘어났기 때문이다.

그 바람에 고래 싸움에 새우 등 터지듯 본의 아닌 피해를 입고 마는 문파들도 속출했는데, 문제는 문파 개별의 전력만으로는 이 문제를 해결하기란 상당히 중과부적에 가깝다는 것이었다.

때문에 필연적으로 제삼 세력의 개입이나 중재를 바랄 수밖에 없었는데, 현 시점에서 그것이 가능한 곳은 오직 무림맹한 곳뿐이었다.

덕분에 정마대전 이후 무림맹의 위상과 명성은 오히려 더욱 높아진 실정이었고, 그에 반비례하듯 무림맹에 줄을 댄 자와 아닌 자의 차이는 더욱 급격하게 벌어졌다. 마치 유가장과 금와방의 관계처럼 말이다.

"자네는 이번 생사결의 결과가 어찌 될 것 같은가?"

각진 턱선과 부리부리한 호목(虎目)이 인상적인 삼십대 후반의 장한이 불쑥 입을 열었다.

그의 물음에 바로 옆의 턱수염이 덥수룩하게 난 장한이 답했다.

"글쎄요. 객관적으로 보자면 아무래도 금와방 측의 승리가 유력하지 않을까 싶습니다만……."

턱수염의 장한, 중원표국 무한지부의 대표두 이원일은 쉬이 말을 끝맺지 못했다.

이에 처음 입을 연 호목의 장한, 중원표국 무한지부의 국주

이자 추풍객이란 별호로 무명을 떨치고 있는 손열이 씨익 웃으면서 말했다.

"확신하지 못하는 걸 보니 뭔가 마음속에 걸리는 게 있는 모양이군."

"그렇습니다."

확신에 찬 손열의 말을 이원일은 애써 부인하지 않았다.

이에 손열은 신이 난 듯 아까보다 빠르게 말을 쏟아내기 시작했다.

"우리 대표두의 마음에 걸리는 거라. 좋아, 어디 내가 한번 맞춰볼까? 가만있어 보자. 지금의 판세에 영향을 줄 만한 요소, 그것도 유가장 측에 유리한 요소를 꼽으라고 한다면……."

손열은 슬그머니 말끝을 흐리면서 주변을 둘러봤다.

어느덧 주변의 모든 이들이 그의 입만 바라보고 있었다.

이에 묘한 쾌감 같은 것을 느꼈지만, 손열은 전혀 그것을 티내지 않으면서 말했다.

"풍파신검, 그자 때문이지?"

"역시 국주님이시군요. 정확하게 보셨습니다."

풍파신검 이신.

유가장을 언급할 때 그의 존재를 간과해선 절대로 안 되었다.

"확실히 그가 무한에 도착하자마자 벌린 일들을 생각하면, 충분히 이번 일의 변수가 되고도 남지. 다만……."

손열은 말하다 말고 대뜸 인상을 찌푸렸다.

그러고는 뭔가 마음에 안 든다는 기색이 역력한 얼굴로 마저 말을 이었다.

"이상하게도 요 근래에 무한에서 그를 봤다는 이가 아무도 없어."

호사가들 사이에서 떠도는 말에 의하면 이번 생사결이 이루어진 배경에는 풍파신검 이신의 입김이 크게 작용했다고 한다.

그 말이 사실이든 아니든 간에 그 정도로 세간에서 보는 유가장과 이신의 관계는 각별했다.

서로 밀접한 것을 넘어서 아예 유가장 측에서 이신에게 과도하게 의지하고 있을 정도였다.

한데 그런 이신의 행방이 불투명하다니.

"정보에 따르자면 어제까지도 거처인 운중장뿐만 아니라 유가장에서도 그의 행적은 전혀 찾아볼 수 없었다고 합니다."

"생사결이 벌어지는 날조차 모습을 보이지 않는다라. 이걸 어찌 해석해야 할까, 대표두?"

"글쎄요. 뭔가 숨겨둔 대책 같은 게 있지 않을까요? 그렇지 않고서야 이렇게까지 오랫동안 자리를 비운다는 건 말이 안 됩니다."

"숨겨둔 대책이라."

확실히 일리 있는 의견이었지만, 손열은 쉬이 고개를 끄덕이지 않았다.

'정보가 부족해.'

이신의 부재.

그것이 정확하게 무얼 의미하는지 모르는 한, 곧 벌어질 생사결의 향방을 쉽사리 점칠 수 없었다.

"실로 난감한 일이군."

손열은 아래턱을 쓰다듬으면서 혼잣말하듯 중얼거렸다.

"이래서야 어느 쪽을 응원해야 할지 모르겠군."

어느 쪽을 응원할지 모르겠다.

그 말은 달리 말하자면 유가장과 금와방, 둘 중 어디가 승리하든 간에 무조건 승자의 손만 들어주겠다는 이기적인 의사를 빙 둘러서 표현한 것이다.

또한 그것은 이 자리에 있는 대부분의 중소방파의 입장을 대변하는 것이기도 했다.

"저 또한 헷갈리는군요. 그래도 여전히 승산이 높은 쪽은 금와방입니다."

이원일이 잊지 말라는 투로 그리 말했고, 손열도 긍정하듯 막 고개를 끄덕이려는 찰나였다.

"난 그쪽의 대표두 양반과는 생각이 좀 다른데?"

등 뒤에서 들려온 낯선 사내의 음성.

손열과 이원일의 고개가 거의 동시에 뒤로 돌아갔다.

그러자 그곳에는 선으로 그린 듯 잘생긴 얼굴에 호리호리한 체격의 백의 공자가 서 있었다.

입고 있는 백의장삼이나 화려한 장신구, 그리고 한 손에 보란 듯이 들고 있는 섭선 등으로 봤을 때는 무인이라기보다는 오히려 기방에 자주 들락거리는 화화공자 쪽에 가깝다는 인상이었다.

이원일은 경계심 어린 눈빛으로 화화공자를 노려보면서 말했다.

"그대는 누군가?"

이에 화화공자는 보란 듯이 섭선을 쫙 펼쳐서 얼굴을 반쯤 가렸다.

"글쎄, 그게 그렇게 중요한가? 그것보다 요새 무림에서는 자신의 이름을 밝히기 전에 남의 이름부터 알려고 하는 게 예의인가 보지?"

"으음."

뜻밖의 지적에 이원일은 작은 침음성을 흘렸다.

확실히 지금과 같은 경우에는 이원일 자신이 먼저 실수한 거라고 봐야 했다.

이에 이원일이 머뭇머뭇하자 대화를 지켜보고 있던 손열이 대뜸 앞으로 나서며 말했다.

"미안하네. 우리 대표두가 그만 실례하고 말았군. 윗사람으로서 내가 대신 책임지고 사과하도록 하지. 중원표국의 국주 손열이라고 하네."

사과와 함께 손열은 절도 있는 동작으로 포권을 취했다.

이에 화답하듯 화화공자는 펼쳤던 섭선을 탁 접은 뒤 그대로 양손을 포개었다.

"자월루(紫月樓)의 호화무사(護花武士), 유월이라 하오."

"자월루?"

자월루라면 분명 무한의 기루 중에서 손에 꼽힐 만큼 규모가 상당한 기루였다.

손열 자신도 긴 여정의 표행을 마치고 난 다음에 몸이라도 풀 겸해서 이따금 찾아갈 만큼 그곳 기녀들의 미색은 특출한 것으로 유명했다.

문제는 루주나 총관도 아닌 기껏해야 기녀들을 상대로 행패를 부리는 손님들이나 상대하는 한낱 호화무사 따위가 이 자리에 있을 수 있냐는 것이었다.

더욱이 지금껏 손열은 유월의 이름에 대해서 전혀 들어본 바가 없었다.

그런 그의 의문에 답하듯 화화공자, 유월이 피식 웃으면서 말했다.

"우리 루주께서 자신이라는 꽃을 지킬 수 있는 자는 이 세상에 오직 나 하나뿐이라고 어젯밤 내내 성화였소이다. 그래서 모처럼 루주와 단둘이서 오붓한 시간도 보낼 겸해서 이곳까지 따라온 거요."

한마디로 그의 정체는 자월루주의 숨겨둔 기둥서방 같은

것이었다.

이원일은 대번에 인상을 찡그렸지만, 손열은 도리어 흥미가 동한다는 얼굴로 유월을 바라봤다.

보통 사람 같으면 자존심 때문에라도 기둥서방이라는 자신의 처지를 남들 앞에서 공개적으로 밝히기를 꺼리는 게 보통이겠으나, 정작 유월은 그것을 아무렇지 않게 툭 밝히는 것도 모자라서 진심으로 자랑스럽게 여겼다.

마치 세간의 평가나 시선 따위는 전혀 신경 쓰지 않는 것처럼.

그 모습이 손열의 눈길을 사로잡았다.

'보기보다 재미있는 자로군.'

그리 생각하는 것도 잠시, 곧 손열은 진지한 얼굴로 말했다.

"그나저나 좀 전에 자네는 우리 대표두와 생각이 다르다고 했는데, 괜찮다면 그 이유가 뭔지 듣고 싶네만?"

손열의 은근한 물음에 유월은 별 거 아니라는 투로 말했다.

"그야 유가장의 뒤에는 그가 있으니까."

"그?"

순간 누구를 말하는 것인지 헷갈렸지만, 이내 손열의 양미간이 좁혀졌다.

"설마 풍파신검을 말하는 건가?"

"그럼 달리 누가 있겠소."

마치 그런 것까지 일일이 다 말해줘야겠냐는 듯한 유월의 말투에 이원일이 욱했다.

"이놈, 그 무슨 무례한⋯⋯!"

"그만하게."

"하지만, 국주⋯⋯!"

"어허, 그만하라는 내 말 안 들리나?"

"크윽!"

손열의 거듭되는 제지에 이원일은 일순 분하다는 얼굴로 뒤로 물러갔다. 그러면서 몰래 도끼눈으로 유월을 째려봤지만, 정작 그는 눈 하나 깜짝하지 않았다.

그러거나 말거나 손열은 다시금 말을 이었다.

"재미있는 말이로군. 유가장의 뒤에 풍파신검이 있기 때문에 그들이 유리하다라."

그러나 그것은 승리의 요소가 되기에는 너무나 불충분했다.

고작 고수 하나 뒤에 있다고 뭐가 달라진단 말인가?

적어도 손열의 판단으로는 그랬다.

"지금 그는 무한에 없는 것으로 알고 있네. 그럼에도 유가장이 유리한가?"

손열의 물음에 유월은 한 치의 망설임 없이 말했다.

"유리하오."

"어째서?"

진심으로 궁금하다는 표정으로 손열은 되물었다.

이에 유월은 처음으로 진지한 표정을 지으면서 말했다.

"다른 사람도 아닌 그가 선택한 곳이니까."

왠지 모르게 의미심장하게 느껴지는 말이었다. 그러다 문득 뭔가를 깨달은 듯 손열의 눈빛이 번뜩였다.

"마치 그에 대해서 잘 안다는 듯이 말하는군."

손열의 예리한 지적 앞에 유월은 전혀 당황하지 않고 피식 웃었다.

"예전에 함께 일한 적이 있었소."

"함께 일했다라."

손열은 바쁘게 머리를 굴려봤지만, 쉬이 풍파신검과 유월의 관계를 유추하기 어려웠다.

워낙에 단서가 부족했기 때문이다.

그런 그의 생각을 꿰뚫어보듯 유월의 입꼬리가 살짝 올라갔다.

"당신네들은 잘 모르겠지만, 그는 보이는 것 이상으로 대단한 자요."

너희들은 감히 상상할 수도 없을 만큼, 이라는 말은 굳이 덧붙이지 않았다.

보통 사람이라면 자신이 직접 눈과 귀로 보고 듣기 전까지는 타인의 말 따위 잘 믿지 않게 마련이었다.

더욱이 그게 자신의 상식에서 벗어난 일이라면 더더욱 그랬다.

때문에 유월도 굳이 손열을 설득하지 않았고, 손열도 더는
유원을 재촉하지 않았다.

어차피 누구의 생각이 옳은지는 곧 있으면 저절로 판가름
이 날 테니까.

그렇게 저마다의 생각 속에서 운명의 시간은 찾아왔다.

          *   *   *

둥!

관중석이 거의 다 채워져서 약 반 시진가량이 지났을 때,
갑자기 어디선가 우렁찬 북소리가 들려왔다.

그와 함께 한 명의 중년인이 대연무장 위로 올라갔다.

백검대주 악무호였다.

그는 사방으로 한 번씩 절도 있게 포권지례를 한 뒤 천천히
운을 뗐다.

"본인은 무림맹 무한지부의 백검대주를 맡고 있는 악무호라
고 하오. 부족한 몸이나마 이번 생사결의 공증인 겸 주재를
맡게 되었소이다. 부디 잘 부탁드리겠소."

그의 인사말이 끝나자 사방에서 환호성과 함께 우레와 같
은 박수 소리가 쏟아졌다.

무한의 사람치고 악무호의 위명에 대해서 못 들은 이는 거

의 없다고 봐도 과언이 아니었다.

거기다 개인적인 무명을 떠나서 백검대주라는 그의 지위를 생각하면 이번 생사결의 공증인과 주재자를 동시에 맡기에 충분했다.

실제 각 방파의 수장들도 인정한다는 듯 말없이 고개를 끄덕여댔다.

그렇게 자신에 대한 주위의 환호에 만족한 듯 악무호는 밝은 표정을 지으며 말했다.

"그럼 지금부터 대전을 벌일 양측의 입장 및 소개가 있겠소이다. 먼저 금와방 입장!"

둥, 둥, 둥!

우렁찬 세 번의 북소리와 함께 대연무장의 북쪽에 위치한 누각에서 한 무리의 집단이 모습을 드러냈다.

금와방주를 비롯한 금와방의 정예였다.

그들이 등장하자마자 좀 전까지 시끌벅적하던 장내가 쥐죽은 듯 조용해졌다.

비록 이신에게 형편없이 당하고 심지어 원래 유가장 소유였던 포목 사업체까지 되돌려 주긴 했으나, 그럼에도 금와방이 보유한 재력이나 위세가 건재하다는 것을 적나라하게 보여주는 광경이었다.

거기다 수십 명의 무인에게 둘러싸인 채로 입장하는 금와방주의 모습에서는 딱 봐도 여유가 느껴졌다.

마치 곧 있을 유가장과의 결전 따위는 아무것도 아니라고 말하는 것처럼.

과연 그런 그의 모습이 자신감의 표출인지, 아니면 단순한 허세인지는 곧 있으면 밝혀지리라.

그런 가운데, 악무호가 뒤이어서 말했다.

"다음은 유가장 입장!"

악무호의 말이 끝나기 무섭게 좌중의 고개가 저절로 남쪽 누각으로 향했다.

비록 말은 하지 않았지만, 그들이 무얼 생각하는지는 대강 알 수 있었다.

곧 있으면 등장할 유가장의 무리들 사이에 과연 '그'가 있을 것인가 없을 것인가?

오직 거기에만 초점이 맞춰진 가운데, 누각의 커다란 문이 열렸다.

끼이익—

열리는 문 사이로 가장 먼저 모습을 드러낸 것은 병색이 만연한 얼굴의 중년인, 유가장주 유정검이었다.

그의 등장에 사람들 사이에서 나지막하게 혀 차는 소리가 들려왔다.

아직도 유정검이 내상으로부터 자유롭지 못하다는 말은 익히 들었지만, 실제로 그의 모습을 보니 절로 안타까움이 느껴졌기 때문이다.

한때 유가장이 무한을 대표하던 명문무가였음을 이 자리에 있는 사람이라면 누구나 다 아는 사실이기에 안타까움은 더욱 클 수밖에 없었다.

그런 유정검의 뒤를 이어서 나타난 것은 청의무복 차림의 청년, 유지광이었다.

이전 청검대 시절과는 달리 그는 당당한 걸음걸이로 대연무장을 향해 걸어갔고, 시선도 땅이 아닌 정면을 바라봤다.

그 모습이 제법 헌앙하고 늠름하게 보였던 터라 몇몇 여인들은 유지광을 보면서 뭐라 수군거릴 정도였다.

그 후로도 묵천대와 대장로까지 나왔으나, 끝내 단 한 사람의 모습은 보이지 않았다.

"역시 풍파신검은 이번 일이 끼어들지 않을 참인가."

"아쉽구만. 소문으로만 듣던 그자의 실력을 직접 볼 기회라고 여겼는데."

사람들은 이신의 부재에 못내 아쉬워하면서도, 한편으로는 자연스레 금와방의 승리를 점치기 시작했다.

그런 장내의 분위기에 힘입은 듯 금와방주가 히죽 웃으면서 말했다.

"안되셨구려, 가주. 가장 중요한 순간에 하나뿐인 아군이 등을 돌리다니 말이오."

얼핏 들어도 조롱 섞인 그의 말에 유정검 대신 묵천대주 윤자성이 울컥하며 외쳤다.

"네 이놈, 지금 누가 누구한테 등을 돌렸다고……!"

아직 사람들은 모르지만, 이신의 신분은 대대로 유가장의 가주를 지켜온 영호검주였다. 그런 이신이 어찌 유가장에 등을 돌린단 말인가?

더욱이 그리 말하는 금와방이야말로 과거 유가장의 포목 사업체를 비롯한 무한의 상권 등을 탐내어 먼저 유가장을 배신하지 않았던가?

그런 마당에 뻔뻔하게 자신들의 속을 긁어대니 분기를 쉬이 억누를 수 없었다.

이에 유지광이 서둘러 그의 어깨를 붙잡으며 말했다.

"참으십시오, 대주."

"하지만……!"

유지광은 매서운 눈으로 금와방주를 바라보면서 나지막하게 읊조렸다.

"어차피 형님만 나타나면 알아서 수그러들 테니까."

이에 윤자성도 일단 흥분을 가라앉혔지만, 대신 근심스러운 표정으로 속삭였다.

"정말 검주께서 제시간에 도착하긴 하실까요?"

윤자성의 물음에 유지광도 딱히 뭐라 자신 있게 해줄 말이 없었다.

왜냐하면 이신은 어느 누구에게도 앞으로의 행선지는커녕 돌아오는 날짜조차 명확하게 남기지 않았던 것이다.

그나마 떠나기 직전 유지광에게 남긴 말이 유일한 단서였
다.

─못해도 당일, 아침까지는 돌아오마.

오직 그 말 하나만 믿고 기다렸거늘.

정작 아침 해가 뜨고 정오가 다 되어가는 지금까지 코빼기
도 내밀지 않았다. 이대로 가다간 이신이 없는 상태에서 금와
방과의 생사결을 치러야 할 상황이었다.

그럼에도 유지광은 끝까지 이신에 대한 믿음을 저버리지 않
았다.

그가 영호검주라서도 아니고, 누이 유세화와 특별한 관계여
서도 아니었다.

무인이 다른 무인에게 무공을 가르친다.

이것은 피를 나눈 가족이거나 사제지간이 아니라면 거의
생각조차 하기 어려운 일이다.

심지어 고수의 비급 하나 때문에 오래된 친구의 뒤통수를
치는 일조차 드물지 않게 일어나는 게 현 무림의 실정이 아니
던가?

그만큼 무인에게 있어서 무공이란 거의 자신의 목숨과 같
다고 해도 과언이 아니었다.

그런 의미에서 봤을 때, 유지광을 단기간에 일류고수로 탈

바꿈하게끔 도와준 이신의 행동은 그야말로 구명지은에 버금간다고 할 수 있었다.

그런 은인을 어찌 신뢰하지 않을 수 있겠는가?

그저 이신이 제 시간에 도착하기만을 바랄 뿐이었다.

'혹시 도중에 무슨 일이라도 생긴 건 아니겠지?'

그렇게 유지광이 노심초사하고 있을 때, 슬그머니 그의 손을 붙잡는 부드러운 손길이 있었다.

"누님."

손길의 주인은 바로 그의 누이, 대공녀 유세화였다.

오늘 생사결은 유가장의 사활(死活)을 결정짓는다고 해도 과언이 아닐 만큼 중요한 결전이었다.

당연히 가문의 일원인 그녀도 이 자리에 함께해야 마땅했다.

유세화는 한 치의 흔들림 없이 정면을 바라보면서 말했다.

"지금으로부터 십오 년 전, 가가는 나와 약속했단다. 반드시 강해져서 돌아오겠다고."

"그건……."

유세화와 이신의 약속.

그에 관해서는 유지광도 어느 정도는 알고 있었다.

사실상 유세화가 여자로서 가장 활짝 꽃 필 나이, 묘령을 넘긴 것도 모자라서 서른을 코앞에 둔 이날 이때까지 계속 혼담을 미루고 있던 것도 다 이신과의 약속 때문이 아니던가?

그러니 모르래야 모를 수가 없었다.

그런 이신과의 약속을 언급한 뒤, 유세화의 말이 이어졌다.

"이것 하나만큼은 기억하렴. 그분은 무슨 일이 있더라도 반드시 자신이 한 말은 지키는 분이라는걸."

"아……."

짤막한 감탄사와 함께 유지광은 새삼 깨달았다.

이 세상에서 이신에 대해서 가장 잘 아는 사람, 그리고 그를 가장 신뢰하는 사람은 바로 자신의 누이라는 사실을.

유지광은 순간 저도 모르게 멍한 얼굴로 유세화의 옆얼굴을 바라봤고, 때문에 그는 미처 보지 못했다.

맞은편에 서 있는 금와방주가 일순 의미심장한 눈빛으로 유세화를 바라보는 것을.

유지광이 다시 시선을 앞으로 돌렸을 때는 금와방주 역시 마치 아무 일도 없었다는 듯 유세화에 대한 시선을 거둔 상태였다.

한차례 북 소리가 울린 뒤, 악무호가 입을 열었다.

"생사결의 본격적인 시작에 앞서 양측에서 협의한 사안에 대해서 말씀드리겠소이다."

유가장과 금와방의 생사결은 각각 대표가 나와서 단판승부를 내는 걸로 결정되었다.

거기에 승패에 따른 보상도 사전에 정해졌으니, 유가장이 이길 경우에는 사과의 의미로 금와방이 가지고 있는 재산의 삼분지 이를 넘겨받기로 했다.

반대로 금와방이 이길 경우에는 소가주 유지광의 신변을 넘겨받는 것은 물론이거니와 기존에 제시하던 강제 정략혼도 무조건 강행하기로 했다.

악무호의 설명이 끝나기 무섭게 관중석이 일순 소란스러워졌다.

"뭐야? 아무리 자기 막내아들이 죽었다지만, 그렇다고 해서 유가장 소가주의 신변을 대놓고 넘기라니. 거기다 대공녀와의 혼담까지 진행한다는 건 도대체 무슨 생각인 거지?"

"멍청한 소리! 지금 유가장의 직계 혈통은 소가주와 대공녀뿐이라고. 거기다 둘 다 아직 미혼이지. 만약 이 상황에서 둘 다 잃게 된다면 사실상 유가장은 그날로 끝이야, 끝!"

"어? 그게 그렇게 되나?"

거기다 정략혼을 토대 삼아 금와방이 직계 혈통을 모두 잃어버린 유가장을 통째로 집어삼키는 사태가 벌어질 수도 있었다.

물론 반대의 경우라면 유가장 측이 역으로 금와방을 집어삼키겠지만 말이다.

그렇게 모두가 이러쿵저러쿵 이야기를 주고받는 가운데, 악무호의 말이 이어졌다.

"자, 그럼 양측의 대표 분들은 앞으로 나와주십시오."

그의 외침과 동시에 금와방 무리는 일제히 썰물처럼 뒤로 물러났다.

그러자 자연스레 키가 멀대처럼 큰 것을 제외하곤 아무런 특징도 찾아볼 수 없는 평범한 외모의 삼십 대 중반 사내가 연무장 위에 덩그러니 남았다.

"누구지, 저자는?"

"글쎄, 처음 보는 자인데?"

의아해하는 관중들과 달리 유가장 측에선 즉각 목소리를 높였다.

"이번 생사결은 어디까지나 각 방파에 속한 자들끼리 치르는 걸로 국한되었소. 한데 어찌 금와방 측에서는 외부 사람을 데려온 것이오?"

유가장 측의 이의는 타당했다.

하지만 그런 이의는 금와방주의 태연한 한마디에 묻히고 말았다.

"생사람 잡지 마시오. 그는 오래전부터 본 방이 키워온, 일종의 비밀 병기 같은 자요. 실제로 십 년 전에 그가 본 방에 입적했다는 증거도 여기 있소이다."

그러면서 십 년 전 날짜와 수결이 적힌 서류가 그의 품에서 나왔다.

공증인을 맡은 악무호가 확인해 본 결과, 위조의 흔적은 찾아볼 수 없었다. 아니, 설령 있다고 하더라도 잡아뗐을 터였다.

'방주가 노린 게 이것이었군.'

비밀 병기.

표현은 조금 우습지만, 무려 저 금와방주가 자신을 대신해서 내보내는 자였다. 그 무위는 보나마나였다.

악무호가 마음을 놓는 한편, 유가장 측에서는 좀체 대표가 나오지 않았다.

그럴 수밖에 없었다.

그들이 내정했던 대표는 다름 아닌 이신이었고, 그는 아직 도착하지 않았다.

그런 답답한 유가장의 마음을 아는지 모르는지 악무호가 살짝 인상을 쓰면서 말했다.

"유가장, 어서 대표를 내보시오."

"으음……."

악무호의 재촉에 유정검의 이마 위로 식은땀이 맺혔다.

더 이상 이신을 기다릴 수도, 그렇다고 해서 그를 대신해서 대표로 내보낼 만한 고수가 있는 것도 아니었다.

그야말로 사면초가의 상황!

바로 그때, 유지광이 불쑥 앞으로 나섰다.

"제가 나가겠습니다."

"안 된다, 광아!"

유정검은 기겁한 얼굴로 서둘러 그를 제지했다.

저 금와방주가 대표로 내보낸 자이니만큼 그 무위는 못해도 절정 수위일 것이다.

비록 유지광이 지난 열흘간 피나는 수련 끝에 어느 정도 소기의 성과를 거두었다고 하지만, 그래도 아직 절정의 벽을 넘지는 못한 상태였다.

그런 그가 절정의 고수와 맞붙는다는 것은 계란으로 바위 치는 꼴.

거기다 이것은 그냥 비무도 아닌, 무려 생사결이었다.

자칫 잘못하다간 유지광의 목숨을 잃을 수도 있기에 아버지인 그의 입장에서는 절대 용납할 수 없었다.

"그렇지만 저 말고 누가……."

"절대 안 된다! 널 내보낼 바에야 차라리……!"

그렇게 유지광과 유정검이 작은 실랑이를 벌이고 있을 때, 악무호가 최후의 통첩을 날렸다.

"유가장! 만약 열을 셀 때까지 대표가 나서지 않으면, 이번 대결을 포기한 걸로 간주하겠소!"

"이, 이런!"

유정검의 얼굴이 흙빛이 되었다.

그때였다.

"응, 저게 뭐지?"

관중석에 앉은 사람 중 누군가가 돌연 허공을 가리키면서 중얼거렸다.

"왜 그래?"

이에 옆에 앉은 사람이 의아해하면서 그가 가리키는 방향을 바라봤다.

그러자 저 멀리 구름 위에 웬 점 같은 것이 희미하게 보였다.

"새?"

점점 가까워지는 그것을 보면서 무심코 입 밖으로 나와 버린 말.

하지만 그것이 크나큰 착각이라는 것을 깨닫는 데에는 그리 오랜 시간이 걸리지 않았다.

콰과과광!

청석으로 된 바닥이 움푹 파이고, 폭음과 함께 지축이 흔들렸다.

뒤이어 사방으로 불어닥치는 강풍 앞에 가까이에 있던 악무호는 저도 모르게 뒤로 물러났고, 그 충격은 관중석까지 덮쳤다.

'뭐지? 무슨 일이 일어난 거지?'

장내 모든 이들의 뇌리에 떠오른 의문.

그러나 단 한 사람, 화려한 붉은색 궁장 차림의 미녀 옆에 앉아 있는 유월만큼은 입가에 미소가 만연했다.

그는 움푹 파인 바닥 위에 보란 듯이 서 있는 흑의 사내, 이신을 바라보면서 속삭였다.

"설마 이런 식으로 재회할 줄이야. 예나 지금이나 종잡을 수 없는 양반이라니깐."

감회가 새롭다는 표정도 잠시, 그는 옆에 앉은 궁장 미녀에게 말했다.

"안 그렇습니까, 누님?"

"······."

그의 말에 궁장 미녀는 아무런 대답도 하지 않고, 그저 이신을 바라보면서 입술만 앙다물 뿐이었다.

어느덧 자신의 양 소맷자락에 차가운 살얼음이 맺히기 시작한 것조차 깨닫지 못할 정도로······.

第八章
무형지독(無形之毒)

한줄기 유성처럼 하늘에서 사람이 떨어졌다.

그렇게밖에는 표현할 수 없는 이신의 파격적인 등장 앞에 장내는 뜻하지 않은 혼란에 빠졌다.

하지만 정작 혼란의 장본인은 태연하게 자신이 만든 커다란 분지에서 성큼성큼 걸어 나왔다.

"흠. 다행히 늦지 않은 것 같군."

주변의 침묵과는 너무 어울리지 않게 태연자약한 그의 첫 마디에 제일 처음으로 반응한 것은 유가장 사람들 틈바구니에 서 있던 유세화였다.

"가가!"

외침과 함께 그녀는 덥석 이신에게 안겼다.

여체의 부드러운 감촉과 달콤한 향기에 이신은 일순 당황했지만, 곧 아무렇지 않다는 표정으로 유세화를 조심스레 껴안았다.

그러고는 그녀의 귓가에 대고 나지막하게 속삭였다.

"다녀왔어. 내가 좀 늦었지?"

이에 유세화는 고개를 한번 내저은 뒤 환하게 웃으면서 답했다.

"괜찮아요. 결국 이렇게 오셨잖아요?"

"그래도……."

"그만. 어차피 전 십 년이 넘도록 가가만을 기다린 적도 있어요. 그에 비하면 이 정도 기다림쯤은 아무것도 아니에요."

"으음."

담담한 듯, 그러나 은근히 뼈가 느껴지는 유세화의 말에 이신은 더 이상 뭐라고 말하기 어려워졌다. 그저 헛기침과 함께 그녀를 조용히 마주 껴안을 따름이었다.

한편 좌중은 또 한 번 충격의 도가니에 빠졌다.

설마 유가장의 대공녀와 풍파신검이 저리도 다정하고 친밀한 사이였다니.

특히 유세화의 경우에는 지금껏 숱한 남정네들의 청혼을 단칼에 거절한 탓에 중인들은 내심 그녀를 난공불락의, 마치 절벽 위의 꽃처럼 여겼던 터라 충격은 더더욱 클 수밖에 없었다.

물론 그 모두를 다 합친 것 이상으로 충격받은 이는 따로 있었다.

[워워, 누님. 진정하십시오. 다 큰 남녀가 오랜만에 보면 반갑다고 서로 껴안을 수도 있는 거지. 뭘 그런 걸 가지고 질투를… 아, 알겠습니다! 다, 닥칠 테니 제발 그놈의 한령마기(寒靈魔氣)나 좀 거두세요! 지금 여기서 그런 걸 사용했다간 돌이킬 수 없는 일이 벌어진단 말입니다!]

유월은 북풍한설처럼 싸늘하기 그지없는 표정으로 일어나려는 궁장 미녀를 필사적으로 말리느라 정신없었다.

안 그럼 대연무장 일대를 포함해서 반경 십 장 이내가 모조리 차갑고 투명한 얼음의 칼날로 뒤덮일지도 모르기 때문이었다.

궁장 미녀를 말리면서 유월은 틈틈이 곁눈질로 이신을 바라봤다.

'갑자기 고향에 돌아간다고 해서 뭔 개소리인가 싶었더니, 설마 여자 문제였을 줄이야.'

궁장 미녀가 질투하는 것도 무리는 아니었다.

혈영대 시절에 비무를 빙자하며 계속 주위를 맴돌고 이따금 마음을 표현해도 그녀에게 터럭만큼의 관심조차 주지 않던 이신이 아니던가?

그런 그였기에 지금 유세화에게 보이는 다정한 모습은 실로 이질적이고 낯설었지만, 그 이상으로 섭섭한 마음이 클 수밖에 없었다.

만약 유월이 궁장 미녀의 입장이었더라도 충분히 그럴 수 있었다. 하지만 지금은 그런 개인적인 감정이나 드러낼 때가 아니었다.

[누님, 제발 진정하고 내 말 좀 들으십시오. 설마 벌써 잊은 겁니까? 우리가 왜 이곳에 온 것인지를.]

"……!"

유월의 전음이 끝나기 무섭게 궁장 미녀는 그 자리에서 굳은 듯이 멈췄다. 그러고는 곧 언제 그랬냐는 양 조신하게 다시 자리에 앉았다.

이에 유월은 나지막하게 안도의 한숨을 내쉬었다.

'후우, 그래도 완전히 이성을 잃지는 않았던 모양이군.'

불행 중 다행이었지만, 과연 언제까지 이게 통할지는 유월 스스로도 장담할 수 없었다.

궁장 미녀.

그녀는 원래 자신의 감정을 겉으로 잘 표현 안 하기로 유명했다.

오죽하면 그녀를 어릴 때부터 봐온 사문의 사부조차 종종 자신의 제자가 무슨 생각을 하는지 모르겠다고 푸념할 정도였다.

하나 지금 그녀의 모습을 보고 있자니 평소와는 달라도 너무 달랐다. 물론 그 원인이 뭔지 너무나도 잘 알기에 유월은 내심 기도했다.

'부디 껴안는 수준에서 끝나기를……'

천만다행으로 그런 유월의 마음을 알아주기라도 하듯 이신은 생각보다 일찍 품안의 유세화를 떼어냈다.

이에 유세화는 살짝 부루퉁한 표정을 지었지만, 상황이 상황이니만큼 대놓고 뭐라고 그러진 않았다.

이윽고 이신은 멍하니 자신을 바라보는 악무호를 향해서 정중하게 포권을 취하면서 말했다.

"오랜만입니다, 악 대주님. 급하게 오느라고 본의 아니게 소란을 피우고 말았군요. 수리비는 나중에 따로 저한테 청구하시길."

"그, 그러도록 하지. 하, 한데 설마 자네가……?"

악무호의 말이 채 끝나기도 전에 이신이 씨익 웃으면서 말했다.

"맞습니다. 제가 바로 유가장의 대표입니다."

"……!"

이신의 대답이 끝나기 무섭게 악무호의 입이 저도 모르게 쩍 벌어졌다.

이미 과거에 혈혈단신으로 금와방을 뒤엎은 바 있는 이신이 상대측인 유가장의 대표로 나서다니.

이는 결코 예상치 못한 일이었다.

아니, 그보다 언제 그가 유가장의 일원이 되었다는 말인가?

악무호는 당황한 얼굴로 이신과 유가장주 유정검을 번갈아 바라봤다.

그러더니 이윽고 외쳤다.

"이, 이건 엄연한 협정 위반이네! 어찌 정천무관의 관주인 자네가 유가장의 대표일 수 있단 말인가? 따라서 이번 대결은 자동적으로 금와방의······!"

"그건 너무 성급한 판단이 아닌가 싶소."

"뭐요?"

금와방의 승리를 선언하려던 악무호는 유정검의 말에 이건 또 뭔 소리냐는 표정을 지었다.

그러자 유정검은 침착한 어조로 말했다.

"금와방 측의 대표로 나온 저자는 비밀병기같은 존재라고 했소. 이 소협의 경우도 마찬가지요. 그는 본가의 가주를 지키는 검 그 자체니까!"

"유가장의 가주를 지키는 검?"

이윽고 유정검의 입에서 전대 영호검주에 대한 이야기부터 시작해서 지금 이신의 대에 이르기까지의 과정이 간략하게 흘러나오기 시작했다.

그의 설명이 계속되면 될수록 악무호의 표정은 시시각각 일그러져 갔다.

'이런, 빌어먹을!'

마땅한 소속이 없는 신진고수인 줄로만 알았던 이신이 실은 대대로 가주를 호위해 온 수신호위의 후예였다니.

그는 애써 혼란스러운 기색을 감춘 채 금와방주 쪽을 힐끔 곁눈질했다.

그러나 사색이 되어 있을 줄로만 알았던 금와방주의 표정은 의외로 태연하기 그지없었다.

순간 악무호는 자신의 눈을 의심했다.

'뭐지? 도대체 뭘 믿고 저러는 거지?'

분명 그는 이신에게 직접 패배를 당한 이였다. 한데 그런 강적을 코앞에 둔 상황에서 어쩜 저리도 여유로울 수 있단 말인가?

심지어 그는 이신을 향해서 부드러운 어조로 말했다.

"영호검주라. 과연 그래서 자네가 유독 유가장의 일에만 적극적으로 나선 거로군."

이신의 진정한 신분이 밝혀지자 비로소 한낱 외인임에도 불구하고 유가장의 일에 발 벗고 나서다시피 한 이신의 지난 행적들이 이해가 되었다.

가주를 지키는 수신호위, 영호검주.

그런 그의 입장에서 보자면 가주의 혈육을 핍박하는 일은 결코 가만히 두고 볼 수 없었으리라.

더욱이 유세화와는 딱 봐도 심상치 않은 관계이니 안 나서는 게 더 이상해 보이기도 했다.

그제야 납득이 된다는 듯 금와방주는 한 번 고개를 주억거린 뒤 말했다.

"좋아. 자네가 유가장의 대표로 나서는 걸 인정하지. 다만 보아하니 이대로 바로 대결을 시작하는 건 다소 공평하지 않을 것 같군."

"공평하지 않다니? 그게 무슨 소리요, 능 방주?"

악무호가 의아한 표정으로 묻자 금와방주는 대답 대신 슬쩍 이신을 바라봤다.

이에 따라서 시선을 옮긴 악무호는 얼마 지나지 않아 고개를 끄덕였다.

'과연 그런 뜻인가.'

파격적인 등장 때문에 미처 눈치채지 못했지만, 이신의 행색은 뿌옇게 내려앉은 흙먼지에 의해서 그야말로 남루하기 그지없었다.

또한 안색도 어찌된 일인지 그다지 좋아 보이지 않았다.

필시 수단과 방법을 가리지 않고 체력의 한계마저 무시한 채 무한까지 내달려 온 것이리라. 앞서 파격적인 등장도 그러한 노력의 연장선이라고 보는 게 옳았다.

그런 그에게 곧바로 생사결에 들어가자고 하는 것은 확실히 공평하지 않은 처사이긴 했다.

그러나 그 사실을 이해하는 한편, 악무호는 내심 고개를 갸웃거렸다.

금와방주의 입장이라면 강적인 이신이 제 힘을 다하지 못한 상태에서 생사결을 진행하는 게 훨씬 더 유리할 터였다.

한데 굳이 스스로 유가장 측에 유리하도록 상황을 연출한다는 말인가?

내심 금와방의 손을 들고 있는 악무호로선 의문이 들지 않을 수 없었다.

'도대체 무슨 꿍꿍이지?'

생각도 잠시, 악무호는 한번 목소리를 가다듬은 뒤 이신을 바라보면서 말했다.

"흐흠! 능 방주의 의견대로 나 또한 이대로 대결을 시작하는 건 공평하지 않다고 보네. 이 관주, 아니 이 검주? 으음."

악무호는 이신을 바라보며 잠시 난색을 표했다. 이신의 나이는 많아 봐야 서른을 넘기지 않아 보였는데 특유의 분위기 탓인지 쉽사리 호칭을 정하기 어려워서였다.

그 눈빛을 읽은 이신이 담담히 웃었다.

"강호상의 위치로 보나 연배로 따지나 제가 대주님의 윗사람은 아니지요. 그저 소협이면 족합니다."

그러자 악무호의 표정이 밝아지며 고개를 끄덕였다.

"그래, 이 소협. 여하튼 자네의 생각은 어떤가?"

악무호의 물음에 이신은 잠시 생각에 잠겼다가 말했다.

"저야 언제 시작해도 상관없습니다. 다만 보다시피 연무장의 상태가 정상이 아닌 터라 어느 정도 정리할 시간은 필요할 것 같군요."

이신의 말에 악무호가 일리가 있다는 표정으로 고개를 끄덕인 뒤, 이내 장내의 모든 이가 들을 수 있는 크기의 음성으로 외쳤다.

"연무장을 정리할 겸해서 대결은 반 시진 뒤에 시작하는 걸로 하겠소!"

그의 외침에 관중석에서 일제히 수군거리는 소리가 넘쳐 났으나, 그렇다고 해서 대놓고 불만의 목소리를 터뜨린 자는 없었다.

금와방과 무림맹, 양 세력의 눈 밖에 나는 것이 내심 두려웠기 때문이다.

그렇게 반 시진의 여유가 생겼고, 유가장의 사람들은 서둘러 이신에게 다가갔다.

"형님, 무사히 돌아오셨군요! 별일 없었습니까?"

가장 선두에서 달려온 유지광의 물음에 이신은 담담한 미소를 지으면서 그의 머리를 쓰다듬었다.

"네 걱정 덕분인지 특별히 위험한 일은 없었다. 그나저나 못 본 사이에 꽤나 늠름해졌구나. 거기다 수련도 게을리 하지 않은 것 같고."

아무렇지 않게 내뱉은 이신의 칭찬에 유지광의 표정이 더없이 밝아졌다.

유하검법을 대성하면서 일류의 경지를 넘어선 뒤로 유지광은 나날이 자신의 실력이 늘고 있음을 피부로 실감하고 있었다.

하지만 이렇게 직접적으로 남에게, 그것도 다른 사람도 아닌 이신에게 칭찬받기는 처음인 터라 저도 모르게 상기될 수밖에 없었다.

하지만 그도 잠시, 그는 애써 얼굴의 미소를 지운 뒤 조심스러운 음성으로 말했다.

"한데 형님, 예의 건은 어찌……?"

비록 남들은 알아듣지 못하게 일부러 에둘러서 말하긴 했으나, 유지광의 물음을 못 알아들을 이신이 아니었다.

애당초 그가 그간 자리를 비운 것은 알다시피 가주 유정검의 내상을 치료할 수 있는 의원 혹은 영약을 구하기 위해서가 아니던가.

한데 막상 이신이 혼자서 나타났으니 행여 그가 목적을 이루지 못한 것은 아닌가 하는 우려가 드는 것도 무리는 아니었다.

혹시나 싶어 주위를 둘러보니 다른 이들도 하나같이 숨죽인 채로 그의 대답만을 기다리고 있었다.

특히 당사자인 유정검의 경우에는 숨죽이는 것도 모자라서 저도 모르게 주먹을 꽉 움켜쥘 정도였다.

그런 그의 마음을 헤아리듯 이신은 주저 없이 입을 열었다.

"걱정 마라. 비록 함께 오진 않았지만, 근시일 내에 도착할

거다."

"아아……!"

"드디어!"

이신의 말이 끝나기 무섭게 유지광을 포함한 모든 유가장의 사람들이 서로 얼싸안으면서 환희에 찬 외침을 토해내기 바빴다.

오로지 유정검만이 홀로 제자리에 선 채 조용히 온몸을 부르르 떨어낼 뿐이었다.

그런 그의 모습을 말없이 바라보던 이신은 이윽고 맞은편에 서 있는 금와방 무리 쪽으로 시선을 옮겼다.

정확히는 좀 전에 금와방의 대표로 나선 예의 무사를 향해서였다.

'정파인이 아니군.'

한눈에 이신은 그가 백도의 인물이 아님을 꿰뚫어봤다.

그리 판단한 데에는 여러 가지 이유가 있었지만, 다른 무엇보다 은연중에 무사의 몸에서 풍기는 기도에서 위화감을 느낀 게 컸다.

마치 본연의 기도 위에 한 겹의 얇고 정교한 위장막을 덧씌운 느낌이랄까.

그 솜씨가 제법이긴 했지만, 그래도 이신의 눈까지 속일 수는 없었다.

혈영대 시절부터 그가 가장 주력해서 익혔던 게 본연의 마기를 철저하게 숨기는 법 아니던가? 당연히 역으로 그걸 간파하는 실력도 그에 못지않았다.

심지어 그가 알아낸 것은 그게 다가 아니었다.

'절정, 아니 못해도 초절정을 바라보는 경지인가?'

이신에게는 느껴졌다.

금와방 대표의 살기가 이따금씩 송곳처럼 날아와서 자신을 자극하는 것이.

다른 이들이 그것을 전혀 못 느끼는 것은 그가 철저하게 자신의 살기를 제어하고 있다는 소리였고, 그게 가능하려면 못해도 절정급 이상은 되어야 했다.

도대체 어디서 이만한 고수를 구해온 것인가 하는 자잘한 의문은 버렸다.

애당초 금와방의 뒤에 배교의 후예들이 있을지도 모른다고 가정한 상태였다.

뭐가 튀어나와도 전혀 이상할 것 없었다.

'문제는 지금 내 몸 상태로군.'

이신은 생사결의 일정에 맞추기 위해서 불가피하게 마의 조손보다 하루 일찍 출발했다.

아직까지도 건재한 구양세가의 이목을 고려했을 때는 약간 무책임하다고 볼 수 있지만, 이래저래 주변의 주목을 받고 있는 이신의 입장을 고려한다면 함께보단 따로 이동하는 편이 더 낫다고 볼 수 있었다.

게다가 마의 본인의 무위도 결코 얕은 편이 아니기에 이신
은 크게 걱정하지 않았다.

아무튼 근 이틀 동안 이신온 지칠 때까지 쉬지 않고 경신
술을 펼치는 것도 모자라서 눈앞의 지형지물마저 무시하고
오로지 무한을 향해서 일직선으로 내달렸다.

앞서 평범하지 않게 허공을 날아서 등장한 것도 그래서였
다.

그렇게 무리한 탓에 그의 기혈은 과열되다 못해서 터지기
일보직전이었다.

뿐만 아니라 아랫배의 단전도 누군가 송곳으로 쿡쿡 찌르
듯 욱신거리는 게 영 심상치 않았다.

'지금 상태에서 개방할 수 있는 배화륜은 기껏해야 이화륜
에서 삼화륜 정도인가?'

그 이상은 그의 기혈이 못 버틴다.

물론 억지로 무리한다면 삼화륜 이상도 개방할 수 있긴 하
지만, 대신 그로 인한 부작용이 참혹하리라는 것쯤은 굳이 두
말 할 것도 없었다.

그렇게 이신이 자신의 몸 상태를 냉정하게 파악하고 있을
때, 슬그머니 그의 곁으로 다가오는 자가 있었다.

"이보게, 이 검주."

"응? 당신은?"

누군가 하고 무심코 고개를 돌린 이신의 눈이 일순 휘둥그

레졌다.

그는 다름 아닌 대장로였다.

유가장 내에서도 유독 이신과 껄끄러운 관계인 그가 갑자기 말을 걸어오다니. 이신이 의아하게 여기는 것도 무리는 아니었다.

대장로도 살짝 민망한 듯 괜히 헛기침을 한 뒤 말했다.

"허, 허흠! 고, 고맙네. 내 이번 일을 결코 잊지 않겠네."

가주의 병세를 호전시킬 수 있는 방법을 찾아왔다는 것만으로도 이신은 유가장의 큰 은인이라고 할 수 있었다.

덕분에 그에 대한 대장로의 의심과 경계심은 상당수 눈 녹듯 사라진 지 오래였다. 그건 투박하게나마 감사의 인사를 건네는 그의 모습만 봐도 충분히 잘 알 수 있었다.

이에 이신이 담담하게 미소를 지으며 말했다.

"가주를 지키는 것이 영호검주의 사명. 지극히 당연한 일을 했을 뿐입니다."

"음. 그, 그렇다면야 뭐……. 아, 아무튼 급하게 먼 길 달려오느라 목이 꽤나 탈 것 같군. 거기 누가 물 좀 가져오도록!"

대장로의 명령이 떨어지기 무섭게 무사 하나가 얼른 사기그릇째로 냉수를 대령했다.

딱 봐도 미리 준비한 티가 꽉꽉 났다.

대장로가 모처럼 보이는 성의의 표시였기에 딱히 분란을 일으키고 싶지 않은 이신의 입장상 딱 잘라서 거절하기도 뭐했다.

실제로 목도 약간 말랐기에 그는 단번에 냉수를 목구멍으로 넘겼다.

그리고 그 상쾌함을 채 만끽하기도 전에 이신의 눈썹이 미세하게 꿈틀거렸다.

'응?'

맞은편에서 서 있는 금와방의 대표. 그가 어느 틈엔가 자신을 바라보고 있었다. 그의 입가에는 자못 의미심장한 미소가 내걸려 있었다.

'뭐지?'

왜 갑자기 그가 자신을 보고 웃는 걸까?

이에 뭔가 석연찮음을 느꼈지만, 그 원인이 무엇인지는 좀체 알 수 없었다.

"왜 그러는가?"

이신이 갑자기 말없이 서 있자 대장로가 의아해하면서 물었다. 이에 이신은 언제 눈썹을 찌푸렸냐는 듯 웃으면서 말했다.

"아무것도 아닙니다. 그저 생각보다 물이 차가워서 조금 놀랐을 뿐입니다."

"그래?"

이신이 대충 그렇게 둘러대자 대장로도 그냥 그러려니 하고 넘어갔다.

하지만 그가 시선을 옆으로 돌리기 무섭게 이신의 표정이 살짝 굳어졌다.

'아무리 생각해도 걸리는군.'

좀 전에 본 무사의 미소.

그것이 이신으로 하여금 불길한 예감이 들게 하였다. 혈영대 시절부터 달고 닦아온 육감이 그리 말하고 있었다.

그렇다면 미리 만약의 사태에 대비한다고 해서 나쁠 것 없었다.

생각을 마친 이신은 서둘러 유지광에게 전음을 보냈다.

[광아. 지금부터 내가 하는 말을 가만히 듣기만 해라.]

갑작스러운 이신의 전음에 유지광은 순간 움찔했지만, 곧 아무 일 없다는 듯 행동했다.

그런 그에게 이신은 조금 전에 일어난 일을 간략하게 설명하면서 덧붙여서 혹시 모를 사태에 대비하라고 말했다.

이에 유지광은 내심 의아한 표정을 지었다.

'내가 보기엔 별로 신경 쓸 필요가 없어 보이는데?'

괜히 그가 과민 반응을 보이는 게 아닌가 싶었지만, 그렇다고 해서 다른 사람도 아닌 이신이 하는 말을 가벼이 흘려들을 수도 없는 노릇이었다.

그는 곧바로 묵천대주 윤자성을 비롯한 유가장 무사들에게 만일에 대비하라고 은밀히 지시했다.

그러는 사이 반 시진이란 시간이 후딱 지나갔다.

"그럼 지금부터 대결을 시작하겠소. 양측의 대표는 앞으로 나오시오!"

악무호의 외침에 유가장 측에서는 이신이, 금와방 측에서는 예의 무사가 나와서 연무장 위로 올랐다.

그 모습에 관중석이 다소 소란스러워지기 시작했다.

"나 원 참. 생각보다 대결이 싱겁게 끝나겠군."

"풍파신검을 상대로 무명의 무인이라니. 설마 금와방주가 젊은 나이에 노망이라도 든 건가?"

본격적인 싸움이 시작되기도 전에 모두들 이신의 압승을 점치는 분위기였다.

그럴 만도 한 것이 이신은 단신으로 금와방의 주 전력을 패퇴시킨 실력자.

그런 자에게 무명의 무인만으로 대적한다는 것은 암만 봐도 계란으로 바위 치는 격이었다.

하지만 대다수가 그리 여길 뿐, 몇몇 이들의 생각은 달랐다.

중원표국의 국주 손열도 그중 한명이었다.

"다들 뭘 모르는군. 천하의 금와방주가 설마 아무런 승산도 없이 일을 벌일 거라고 생각하나?"

"그럼 역시……?"

옆에 앉은 대표두 이원일이 반문하자, 손열이 고개를 끄덕였다.

"비밀 병기라는 말은 결코 허언이 아닐 것이네. 그렇지 않고

서야 금와방주가 저리 여유로울 리 없잖은가?"

"과연······."

확실히 손열의 말대로 금와방주의 표정은 강적인 이신이 상대로 나왔음에도 별다른 동요가 없었다. 오히려 입가에 보일 듯 말 듯한 미소가 어려 있었다. 뭔가 나름대로 믿는 구석이 있다고 밖에는 볼 수 없었다.

이원일의 긍정에 힘입은 듯 손열은 다시금 말을 이었다.

"거기다 풍파신검에 대한 소문이 어디까지나 소문일 뿐, 직접 그 실력을 본 자는 드물지. 어쩌면 금와방주를 이긴 것도 단순한 요행일지도 몰라."

말을 마치면서 손열의 시선이 슬그머니 궁장 여인과 함께 앉아 있는 호화무사 유월에게로 향했다.

이 정도 거리라면 유월도 자신의 말을 못 들을 리 없을 터.

이신이 등장하기 전까지 연신 유가장의 승리를 점치던 그였다.

때문에 손열은 내심 그의 의견이 궁금했지만, 그런 그의 생각 따위 알 바가 아니란 듯 유월은 그저 묵묵히 연무장만을 바라볼 따름이었다.

이렇듯 관중들 사이에서 갑을논박이 계속되는 가운데, 이신이 맞은편의 무인을 향해서 포권을 취했다.

"유가장의 영호검주, 이신이오."

"···규염이다."

금와방의 대표, 규염의 자기소개에 이신은 눈살이 미세하게 꿈틀거렸다. 그의 태도가 다소 건방지게 보이는 것도 있지만, 정작 중요한 건 그게 아니었다.

'역시 들어보지 못한 이름이군.'

초절정의 경지에 육박하는 실력의 소유자가 한낱 무명소졸이다?

그건 앞뒤가 맞지 않았다.

자고로 무림의 고수는 하늘에서 뚝 떨어지지 않는 법이었다.

예외가 있다면 이신의 경우처럼 자신의 본색을 숨기거나, 아니면 철저하게 음지에서 실력을 갈고 닦아온 자들 정도였다.

금와방과 배교 잔당들과의 관계, 그리고 스스로의 기도를 교묘하게 위장하던 것 등을 미루어 보자면 아무래도 후자일 가능성이 높았다.

'방심해선 안 되겠군.'

이신의 눈이 깊어지고, 동시에 그의 오른손이 영호검 쪽으로 향했다.

'선수필승!'

그리 마음먹고 검을 뽑아 드는 순간, 이신의 표정이 처음으로 당혹감에 물들었다.

"이건?!"

그의 내력이 생각대로 움직여 주지 않았다.

아니, 움직이려고 마음먹는 순간 내력이 거품처럼 흩어졌다는 쪽에 정확했다.

'산공독? 어느 틈에?'

예상 밖의 상황.

하지만 이신은 당황하는 대신, 침착하게 자신의 기억을 되새겼다.

그러자 어느 순간, 그의 기억이 한 지점에서 멈춰 섰다.

대장로가 준비한 냉수.

그리고 그걸 마심과 동시에 자신을 향해서 의미심장한 미소를 머금었던 규염의 모습까지.

당시에는 별거 아닌 줄 알았던 정황들이 한데 모이는 순간, 이신의 머릿속에서 한 가지의 명확한 결론이 도출되었다.

배신.

설마 유가장의 내부에까지 금와방의 손길이 미쳤을 줄이야.

그것도 다른 사람도 아닌 대장로가 배신하다니.

그 사실에 분노하는 대신 이신의 입가에 쓴웃음이 먼저 지어졌다.

'설마 내가 이런 초보적인 수법에 당할 줄이야.'

이건 엄연히 방심의 대가였다.

불과 삼 개월 남짓한 시간 만에 이리도 자신이 경계심이 옅어질 줄이야.

'그래, 여기도 엄연히 무림이었지.'

사람이 사는 곳이라면 어디라도 온갖 권모술수와 배신이 판을 치는 세상.

그것이 바로 현 무림이다.

그런 무림의 세태가 극대화되다시피 한 정마대전을 몸소 겪었던 이신이 아닌가?

그는 그제야 자신이 그간 무얼 간과하고 있었는지를 뼈저리게 깨달았다.

하지만 이미 엎질러진 물, 마냥 반성하기보다는 일단 현 상황부터 타개하는 게 먼저였다.

그때였다.

파팟!

한달음에 이신의 코앞까지 닥쳐온 규염의 신형이 쇄도해 왔다.

눈으로 보고도 믿기지 않는 속도!

관중석에서 절로 탄성이 흘러나왔고, 이윽고 그의 꼬챙이 같은 협봉검이 매섭게 바람을 갈랐다.

카캉! 캉캉캉!

그러나 이신도 만만치 않았다.

그는 규염의 협봉검을 옆으로 흘려 버리는 것도 모자라서, 이어서 폭우처럼 쏟아지는 공격 역시도 어렵지 않게 막아냈다.

더욱 놀라운 사실은 그 모든 것이 제자리에서 한 발자국도 물러서지 않은 채로 행했다는 것이었다.

그런 이신의 무위에 모두가 놀라는 가운데, 한 줄기 전음성이 이신의 귓가로 들려왔다.

[제법이군. 무형지독(無形之毒)에 중독된 상태에서 용케 내 공격을 막다니.]

'무형지독?'

그 이름을 이신이 모를 리 없었다.

무형지독은 말 그대로 무색무취의 형체를 지니지 않는 절독으로 이에 당하는 자는 본신의 내력을 서서히 전폐당하는 것도 모자라서 시시각각 독기에 의해서 온몸이 쇠약해지는 게 특징이었다.

더욱 무서운 사실은 그렇게 무형지독에 의해서 죽게 되더라도 죽은 이의 사체에는 그 흔적이 일절 남지 않는다는 것이었다.

그런 특성 때문에 일반인은 물론이거니와 어지간한 문파의 수장이라고 해도 무형지독을 구하기란 하늘의 별 따기에 가까웠다.

이에 이신은 내심 깨달았다.

이미 금와방 측에서는 그가 유가장의 대표로 나오리란 것을 예상하고 있었음을.

그렇지 않고서야 무형지독 정도의 물건을 미리 사전에 준비해 놓을 이유가 없었다.

'앞서 반 시진이나 되는 시간을 준 건 무형지독이 온몸에 퍼지기를 노린 건가?'

안 그래도 몸 상태가 정상이 아닌데 무형지독이라니.

그야말로 엎친 데 덮친 격이었다.

[후후후. 그댄 이미 독 안에 든 쥐나 마찬가지라네.]

"……"

조소에 찬 자신의 말에 이신이 아무런 반응도 하지 않자, 규염의 입꼬리에 걸린 미소가 더욱 짙어졌다.

'후후후, 생각보다 충격이 꽤나 큰 모양이군.'

하긴 원래 한주먹 거리도 안 되는 상대에게 농락당하는 걸 테니 그 심정이 오죽 답답하겠는가.

아마 자신이 이신이었다고 해도 절망감을 감출 수 없으리라.

그렇게 멋대로 이신의 마음을 속단하면서 규염은 마저 전음을 이었다.

[과연 어디까지 버틸 수 있을지 궁금하군.]

조롱하는 듯한 규염의 전음에 이신이 채 반응할 새도 없이 다시금 폭우 같은 공격이 쏟아졌다.

이신은 이번에도 제자리에 선 채로 공방을 이어나갔지만, 아무래도 점점 더 거세지는 규염의 공격 앞에서는 점차 뒤로 한 걸음씩 물러날 수밖에 없었다.

그 모습이 남들이 보기엔 영락없이 수세에 몰린 것으로밖에는 안 보였다.

이에 지켜보는 관중들은 적이 당황하는 눈치였다.

압도적으로 우세할 줄로만 알았던 이신이 초장부터 역으로 수세에 몰리다니.

하긴 어찌 그들이 알 수 있으랴.

이신이 과도한 무리로 인해 몸 상태가 정상이 아닌 것도 모자라서 무형지독에까지 중독되어 본신 실력의 삼분지 일도 채 발휘하지 못한다는 사실을.

이신의 상태가 뭔가 이상하다는 것을 깨달은 것은 기껏해야 소수에 불과했다.

하지만 그 소수들도 그런 이신의 이상보다는 오히려 그를 몰아붙이는 규염의 무위에 더 주목하는 눈치였다.

금와방주를 쓰러뜨린 풍파신검.

무한의 떠오르는 신성이나 마찬가지인 그를 압도하는 무명의 고수라니.

도대체 어디서 저런 물건이 튀어나왔다는 말인가?

무엇보다 그를 섭외한 자가 다름 아닌 금와방주라는 사실에 사람들은 아연실색했다.

'이 정도의 고수를 지금까지 꽁꽁 숨겨두고 있었다니.'

'역시 금와방주. 방심할 수 없는 자구나!'

한편으로는 유가장에 일말의 동정심을 느꼈다.

이신 하나만 믿고 겁도 없이 금와방을 상대로 생사결이라는 도박을 걸었던 그들이 아닌가?

한데 그들의 유일한 희망이라고 할 수 있는 이신이 저리도 속수무책이라니.

곧 있으면 다가올 그들의 최후가 손에 잡힐 듯 훤히 보였다.

꽉―!

그런 주위의 묘한 분위기를 감지하기라도 한 걸까?

유세화는 말없이 주먹을 꽉 쥐었다.

'가가!'

그가 아는 이신은 절대로 이리 속수무책으로 당할 자가 아니었다. 제아무리 규염이 강하다고 한들, 그의 강함은 이신과 견주기에는 부족함이 많았다.

그 말은 즉 이신이 남들은 모르는 모종의 암수에 당했다고밖에 달리 설명할 길이 없었다.

'혹시?'

유세화의 시선이 맞은편에 서 있는 금와방주에게로 향했다.

바로 그 순간, 우연인지 아닌지 모르겠지만 때마침 비릿하게 웃으면서 그를 바라보는 금와방주와 중간에 눈이 마주쳤다.

그 미소를 마주하는 순간, 유세화는 온몸에 수십 마리의 뱀이 기어 다니는 듯한 느낌이 소름이 쫙 끼치는 것을 느꼈다.

'저자다! 저자가 꾸민 짓이 분명해!'

왜 그렇게 생각하는지에 대한 이유나 논리 따위는 없었다.

그냥 막연히 그럴 거라는 심증만 강하게 들 따름이었다.

그래서 답답하기 그지없었다.

심증을 증명해 줄 만한 물증만 찾을 수 있다면, 이런 불공정한 대결 따위 당장에라도 중단시킬 수 있었을 텐데.

꽉—!

아무것도 할 수 없다는 무력한 현실 앞에 분한 마음을 애써 삭히면서 유세화는 이신을 바라봤다.

한데 그 순간, 그녀는 목격할 수 있었다.

규염의 열화와 같은 공세를 마주하는 이신의 두 눈이 이상할 만큼 전혀 흔들림이 없다는 것을.

단순히 승부를 포기했다거나 그런 나약한 종류의 눈이 아니었다.

오히려 그것은 숨죽이면서 기회를 노리는 승부사의 눈이라고 해야 마땅했다.

때문에 이를 본 순간, 유세화는 과감하게 지금까지의 근심 걱정을 마음 한구석에 제쳐 뒀다.

'…그래, 지금은 가가를 믿자!'

비록 지금은 수세에 몰렸다고 하지만, 이신이라면 분명 어떻게든 돌파구를 찾아낼 것이다.

그런 굳건한 믿음이 유세화에게는 있었다.

그리고 그 믿음이 결코 틀리지 않았다는 사실이 곧 증명되었다.

*   *   *

'이게 어찌 된 일이지?'

지금 대결에서 우세를 보이는 것은 누가 뭐래도 규엽 쪽이었다.

실제로도 그러했고, 규엽 스스로도 그리 느꼈다.

한데도 어찌 된 일인지 규엽은 연신 일말의 꺼림칙함을 떨치지 못했다.

카캉!

그 이유는 뭔지 깨달은 것은 막 그의 공격을 이신이 제자리에 선 채로 받아넘길 때였다.

'…어떻게 무형지독에 중독된 상태에서 내 공격을 받아낼 수 있는 거지?'

뭔가 특별한 기교나 초식을 사용한 것도 아니었다.

이신은 처음부터 지금까지 검술의 기본이라고 할 수 있는 찌르기와 베기만 반복할 따름이었다.

그런데도 적잖은 내력이 실린 자신의 공격을 어렵잖게 막아내고 있었다.

그 말은 이신 역시 비슷한 힘으로 검초에 대항하고 있다고 밖에는 달리 설명할 길이 없는데, 현실적으로 말이 안 되는 소리였다.

그도 그럴 것이 지금 이신은 무형지독에 의해서 내공이 금제당한 거나 마찬가지인 상태였다.

그런 상태에서 규염의 내력이 실린 검초를 막아낼 수 있을 정도의 내력을 짜낸다?

누가 봐도 얼토당토않은 소리였다.

'혹시 저 검 때문인가?'

규염은 힐끔 이신의 손아귀에서 묵색 빛깔의 자태를 마음껏 뽐내고 있는 영호검을 바라봤다.

한눈에 봐도 범상치 않게 느껴지는 명검이었다.

혹시 저 검이라면 내력이 실린 자신의 공격도 쉬이 버텨낼 수 있지 않을까란 생각이 들었다. 간혹 명검 가운데서는 검기와 부딪쳐도 멀쩡한 것들도 있다고 하질 않은가?

만약 이신의 영호검도 그러한 종류라면 지금 이 상황도 충분히 이해할 수 있었다.

규염의 입꼬리가 비릿하게 올라갔다.

'한낱 신외지물에 의지하는 꼴이라니. 천하의 혈영사신도 별수 없군.'

다르게 보자면 그만큼 영호검이 뛰어난 명검이라는 증거라고 할 수 있었다. 일순 영호검을 바라보는 규염의 두 눈이 탐

욕으로 물들었다.

그도 명색이 검객, 어찌 좋은 검에 대한 욕심이 없을 수 있겠는가.

더욱이 이신을 쓰러뜨린 증표로 삼기에도 안성맞춤이었다.

'저 검은 이제 내 거다!'

아직 이신이 쓰러지지 않았음에도 멋대로 그 사실을 기정사실화하면서 규염은 나지막하게 뇌까렸다.

"장난은 여기까지다."

그리고 규염이 든 협봉검의 뾰족한 검첨 위로 실타래 같은 적색 빛이 일렁거리더니 이윽고 한 자에 달하는 적광으로 화했다.

"오오오!"

"검기라니!"

규염의 무위가 초절정에 달하는 줄 미처 몰랐던 관중들은 그가 발한 적색의 검기에 경악을 금치 못했다.

이윽고 적색의 검기가 반월의 궤적을 그리는 순간, 모두가 직감했다.

풍파신검 이신의 이름은 오늘의 대결을 끝으로 더 이상 무한 땅에서 들을 수 없을 거라고.

하지만 그것이 크나 큰 착각이라는 것을 깨닫는 데에는 그리 오랜 시간이 필요치 않았다.

쾅!

귀청이 떨어질 듯한 굉음과 함께 규염이 허겁지겁 뒷걸음질 쳤다. 가까스로 멈춰선 그는 충격에 빠진 얼굴로 멍하니 정면을 바라봤다.

지켜보는 관중들의 표정도 그와 하등 다를 바 없었다.

우웅—!

그 모든 이를 비웃기라도 하듯 나지막하게 검명을 흘리는 영호검.

그 묵빛의 검신 위로 어렸다가 서서히 사라지는 백색의 광채를 보면서 규염은 저도 모르게 중얼거렸다.

"어, 어떻게 검기를……?"

무형지독에 중독된 상태에서 어찌 검기를 뽑아낼 수 있다는 말인가?

그건 결코 있을 수 없는 일이었다.

그런 의문을 담은 규염의 물음에 이신은 간단명료하게 답했다.

"실력이지."

"헛소리! 지금 누굴 놀리는 것이냐?"

"글쎄, 믿고 말고는 네 자유겠지. 그보다 설마 이런 걸 가지고 사술이니 어쩌니 난리치는 건 아니겠지?"

"크윽, 건방진! 감히 날 우습게 보다닛!"

수치심과 경각심을 동시에 느낀 규염은 지금까지와 여유는 온데간데없이 연기푸 적색 검기를 미친 듯이 휘둘렀지만, 이신은 간발의 차이로 모두 흘려 버렸다.

이에 규염의 안색이 창백해졌다.

애당초 평정심이 깨진 상태서 휘두르는 검 따위에 이신이 당할 리 만무했다.

거기다 이따금 이신의 검 위로 백색의 검기가 피어오르는 것을 여러 번 보는 순간, 규염은 더는 인정하지 않을 수 없었다.

진정으로 이신이 무형지독에 중독됐음에도 불구하고 내력을 온전히 사용할 수 있다는 것을.

그 사실을 깨닫는 순간, 규염은 모골이 송연해지는 것을 느꼈다.

'도, 도대체 어떻게 그런 일이 가능한 거지?'

무형지독이 통하지 않는 자라니.

설마 이신이 전설상으로나 존재하는 만독지체(萬毒之體)를 이루기라도 했단 말인가?

혼란에 빠진 그의 귓가로 한줄기의 전음이 들려왔다.

[갈! 정신 차려라! 적 앞에서 그 무슨 추태란 말이냐!]

전음의 주인은 금와방주였다.

그의 호통에 규염은 가까스로 정신을 차렸지만, 그래도 여전히 혼란스럽기는 매한가지였다.

[하, 하지만 저런 괴물을 상대로 어찌 해야 할지……!]

[한심한 놈. 저래 보여도 혈영사신은 혼자서 무림맹주와 천

사련주와 겨루어서 동수를 이룬 자! 그 정도의 고수라면 능히 무형지독의 독성을 내공으로 어느 정도 억누를 수 있다는 걸 왜 모르는 것이냐!]

'아……!'

그러고 보니 확실히 금와방주의 말마따나 웅혼한 내력의 소유자는 내력을 이용해서 독기를 억누를 수 있었다.

하지만 그것은 어디까지나 임시방편에 불과할 뿐이다.

결국 그러한 고수들도 시간이 지나면 지날수록 독기 앞에 무릎 꿇게 마련이었다.

[버텨라! 이대로 시간만 끈다면 승리는 반드시 우리의 것이 될 테니까.]

[충!]

금와방주 덕에 가까스로 냉정을 되찾은 규염은 매서운 눈으로 이신을 노려봤다.

하지만 막상 달려들지는 못했다.

혹시라도 이번에도 자신의 공격이 이신에게 막힐지도 모른다는 불안감, 그리고 어떻게든 시간을 끌어야 한다는 압박감이 그의 양어깨를 무겁게 짓누른 것이었다.

바로 그때, 이신이 덤덤한 음성으로 말했다.

"왜 그러지? 장난은 끝났다고 하지 않았나?"

"크윽……!"

침음성을 흘리면서 규염은 순간적으로 갈등했다.

하지만 갈등은 그리 오래가지 않았다.

'지금은 저딴 도발에나 걸려들 때가 아니다!'

자신은 어디까지나 이신을 쓰러뜨리기 위한 목적을 가지고 올라온 자객.

이런 상황에서 무인으로서 정정당당하게 싸운다라는 선택지는 처음부터 없었다.

규염은 스리슬쩍 이신과의 간격을 더욱 넓히기 시작했고, 그런 그의 의도를 눈치챈 이신의 눈이 일순 번뜩였다.

그리고,

쾅!!

일순 이신의 발밑에서 시작된 충격파가 연무장 전체를 해일처럼 덮쳤다.

그러자 겨우 수리했던 연무장 바닥은 처참하게 박살이 나다 못해서 원래의 형체를 찾아볼 수 없게 되고 말았다.

기껏해야 멀쩡한 곳은 이신과 규염이 서 있는 1장 남짓한 넓이의 좁은 공간뿐.

그것이 무엇을 의미하는지 모를 만큼 규염은 어리석지 않았다.

까닥까닥―

거기에 이신이 말없이 손가락을 까닥까닥 거렸다.

실로 유치하기 짝이 없는 도발!

그러나 관중들에게는 그것이 마치 희극 속 한 장면처럼 보였던 모양이다.

"우오오오! 싸워라, 싸워라!"

"남자라면 도망치지 말라고!"

소위 싸움에는 흐름이란 게 존재하고, 그 흐름을 지배하는 자가 그 싸움을 지배하게 마련이었다.

이제까지는 그 흐름이 규염에게 있었다면, 지금은 어찌 된 일인지 이신에게로 넘어갔다.

그것을 무의식중에 알아차린 관중들은 자신들이 극적인 역전극이 펼쳐지는 한가운데에 있다는 사실에 흥분한 나머지, 통제가 불가능할 지경이었다.

만약 이대로 규염이 이신의 도발을 무시한다면, 설령 생사결에서 이긴다고 한들 그건 이겼다고 보기 어려웠다.

아니, 관중들이 그와 금와방의 승리를 인정하지 않을 것이다.

'이 같잖은 놈들이……!'

당장이라도 그들을 쳐 죽이고 싶다는 마음이 굴뚝같았지만, 일 장이란 거리는 그에게나 이신에게나 한달음에 좁힐 수 있을 만큼 가까웠다.

만약 여기서 빈틈을 보인다면 그 즉시 이신의 검이 그를 베어오리라.

때문에 규염은 억지로 살심을 억누르면서 지금의 상황을 연출한 이신을 노려봤다.

바로 그때, 이신이 나지막한 목소리로 뇌까렸다.

"이제 보니까 독 안에 든 쥐는 내가 아니라 네놈이었군."

"크윽, 이 육시할 놈이!!"

처음 자신이 했던 조롱을 고스란히 돌려주는 이신의 말에 울컥하면서 땅을 박차려던 것도 잠시, 규염의 몸이 순간적으로 멈췄다.

'저건?'

자신을 겨누고 있는 묵빛의 검.

그 끝이 미세하게 흔들렸다가 멈추기를 반복했다.

거기에 아무렇지 않은 척하지만, 이신의 안색도 아까 전에 비해서 살짝 창백해져 있었다.

'그러고 보니……'

좀 전의 진각은 겉보기에 화려했던 것만큼 내공이 꽤나 소모할 수밖에 없는 한 수였다.

한데 무형지독을 억누르는 상태에서 그 정도의 내공을 사용한다?

이는 허장지세였다.

자신의 상태가 위태롭다는 것을 숨기기 위한 허세!

'오히려 지금이 기회인 게 아닐까?'

아무리 이신이 고수라고 한들 무형지독의 독기를 완벽하게 억누르기란 어려운 일일 터.

생각해 보니 이신은 검기를 일순간 일으켰을 뿐, 내내 유지하지 못했다.

즉 내공을 사용할 수 있다고 한들, 그것을 장기적으로 유지하기는 어렵다는 소리!

그 사실을 깨닫는 순간, 규염의 두 눈에서 일순 시뻘건 안광이 귀화(鬼火)처럼 번뜩였다.

동시에 그의 기도도 판이하게 달라졌다.

지금까지는 강물처럼 고요했던 것이 난데없이 폭우를 만난 급류처럼 변했다고 할까?

아니, 그보다는 마음껏 용암을 분출하기 시작한 활화산 쪽에 더 가까웠다.

규염은 흉흉하기 그지없는 표정을 지으면서 뇌까렸다.

"지금까지 나를 도발한 것을 땅을 치고 후회하게 해주마!"

그 말에 이신은 천천히 기수식을 취하면서 중얼거렸다.

"네놈은 싸움을 검이 아닌 입으로 하나."

"……!"

곧 죽어도 한마디도 지지 않으려는 이신의 뻣뻣함에 규염은 내심 혀를 내둘렀다.

하지만 너무 열이 받으면 오히려 더 냉정해진다고 했던가?

규염은 그 어느 때보다도 차갑게 식은 얼굴로 말했다.

"죽어라."

그리고 말이 채 끝나기도 전에 규염의 신형이 섬전처럼 빠르게 쇄도했다.

얼핏 보기에도 눈으로 따라잡기 어려운 움직임!

그 상태서 협봉검을 빠르게 내지른다고 여기지는 찰나, 규염은 검을 들지 않은 반대쪽 좌수를 냅다 휘둘렀다.

일순 혈옥빛으로 물드는 육장, 그것은 그가 꼭꼭 숨겨두고 있던 비장의 절초였다.

퍼퍽!

그의 일격이 이신의 몸에 정통으로 적중했다고 느끼는 순간, 규염의 입꼬리가 올라갔다.

'끝났다!'

하지만 그는 미처 보지 못했다. 그런 그를 이신이 고통에 일그러지기는커녕 되려 조소 어린 얼굴로 바라보는 것을.

"고맙군. 이렇게 쉽게 함정에 걸려들다니."

"뭣?"

"그럼 잘 쓰도록 하지."

"……!"

순간 백열의 인광으로 물드는 이신의 눈.

이를 보고 규염은 깨달았다.

자신의 공격에 실린 내력, 그것을 이신이 역으로 이용하고 있다는 사실을!

'이런 말도 안 되는!'

이에 충격에 빠지는 것도 잠시, 규염은 황급히 반격을 하려는 그때!

서걱!

무릎 아래로 느껴지는 화끈함과 함께 그 어떤 말로도 형용할 수 없는 고통이 규염의 등골을 관통했다

챙그랑!

규염은 외마디의 비명조차 지르지 못한 채 들고 있는 검을 놓치면서 바닥을 뒹굴었다.

그럴 수밖에 없었다.

무릎 아래가 통째로 잘려져 나간 사람이 똑바로 서 있는 것은 불가능한 일이었으니까.

심지어 쇄도했던 속도가 아직 죽지를 않아서 공처럼 데굴데굴 구르던 규염의 신형은 끝내 연무장 바깥 아래로까지 떨어지고 나서야 간신히 멈췄다.

동시에 닫혀져 있던 규염의 입이 겨우 열렸다.

"어, 어떻게……?"

전혀 느끼지 못했다.

이신이 어느 틈에 등 뒤로 이동하고, 또 언제 자신의 무릎 아래를 베어버린 것인지를.

그 사실에 멍한 표정을 짓는 것도 잠시, 머리 위에서 들려오는 이신의 음성에 규염은 다시금 현실로 되돌아왔다.

"장외라… 다행히 목숨은 건졌군."

"크윽!"

그 차가운 음성을 듣는 순간, 규염은 깨달았다.

만약 이신이 그럴 마음만 있었다면, 이미 자신의 목숨은 끝난 거나 마찬가지였다는 것을.

그리고 이 모든 게 이신의 철저히 계획된 함정이었다는 것을.

'무, 무서운 자! 처, 처음부터 나에겐 승산이 없었다는 말인가?'

충격에 빠진 것은 그뿐만이 아니었다.

처음 이신의 승리를 기대한 관중들도 막상 눈앞에 벌어진 너무나 압도적인 결과 앞에 할 말을 잃기는 매한가지였다.

그나마 장내에서 가장 먼저 정신을 차린 것은 공증인 겸 주재자를 맡고 있는 악무호였다.

"스, 승자! 풍파신검 이신 소협! 따, 따라서 이, 이번 생사결의 승자는 유, 유가장이오!"

"……"

그의 선언에 장내는 또다시 정적에 휩싸였지만, 그것은 어디까지나 일시적인 형상에 불과했다.

"…우, 우와아아아아아아아아!"

뒤늦게 터져 나오는 환호성!

유가장 측 사람들은 단번에 이신을 향해서 달려 나갔고, 그와중에 이신과 가까운 사이인 유세화와 유지광 등은 아예 이신을 붙잡고 감격과 환희의 눈물을 펑펑 흘려댔다.

그 광경을 멍하니 바라보면서 규염은 생각했다.

'이것이 화경급의 고수란 말인가?'

도저히 넘을 수 없는 벽 앞에서 규염의 표정이 일순 어두워졌다. 그러나 마냥 한가로이 절망에 빠져 있을 틈이 그에게는 없었다.

스윽—

주변에서 연신 쏟아지는 환호성 속에서 조용히 규염의 머리 위로 드리우는 그림자.

이에 저도 모르게 등골이 서늘해지는 것을 느낀 규염이 서둘러 고개를 돌리려는 찰나!

한 줄기의 차가운 음성이 그의 귓가를 한발 먼저 간질였다.

"쓸모없는 놈."

"대, 대주⋯⋯!"

퍼억!

그리고 그것이 살아생전 규염이 남긴 마지막 한마디였다.

第九章
암운본색(暗雲本色)

　마치 수박이 깨지듯이 너무나 쉬이 터져 나가는 규염의 머리!

　뇌수와 핏물로 온통 범벅이 된 그 끔찍한 잔해를 딛고 서 있는 것은 그 여느 때보다 차갑고 무표정한 얼굴의 금와방주였다.

　"느, 능 방주! 갑자기 이게 무슨 짓이오!"

　갑자기 수하인 규염의 목숨을 아무렇지 않게 앗아간 것도 모자라서 그의 머리를 산채로 밟아 깨트리다니.

　제아무리 생사결에 패해서 모든 것을 잃게 된 거나 다름없는 처지라지만, 그래도 해서 될 일이 있고 아닌 일이 있었다.

그런 의미에서 봤을 때, 금와방주의 행동은 누가 봐도 도가 지나쳤다.

하지만 악무호의 외침은 무시 한 채 금와방주는 이신을 바라보면서 말했다.

"여흥은 이제 끝났다."

"여흥이라고?"

이신이 반문하는 순간, 금와방주의 몸에서 검은 기운이 수증기처럼 일어났다.

이윽고 그의 몸 전체를 뒤덮는 검은 안개를 보는 순간, 이신의 눈살이 찌푸려졌다.

뭔가 심상치 않은 일이 벌어질 거라는 불길한 조짐이 느껴지기도 했지만, 뭣보다 그의 신경을 건드리는 것은 안개 자체에서 느껴지는 사이한 기운!

그것은 오직 염마종의 절기, 배화구륜공을 익힌 이신이기에 느낄 수 있는 것이었다.

'암화공?'

배화구륜공에서 갈라져 나온 아류 무공이자 염마종의 배신자 사도길의 본신 절기!

사도길이 죽은 이후로는 다시는 느낄 수 없을 거라고 여겼거늘.

놀라움도 잠시, 이신은 곧바로 냉정을 되찾았다.

'아니, 암화공과는 달라.'

암화공은 어디까지나 열양공의 일종일 뿐, 이 정도까지 사이한 기운을 내포하진 않았다.

오히려 이것으로 암화공을 기반으로 해서 새로이 만들어진 마공에 가깝다는 느낌이었다.

'그렇다면 혹시?'

이신은 문득 떠올렸다.

지난 몇 년 간 염마종의 배신자, 사도길을 보호한 의문의 조직.

그렇게 긴 시간 동안 줄곧 사도길의 곁을 맴돌았다면 암화공의 진수쯤이야 얼마든지 훔쳐낼 수 있지 않을까?

그러한 추측 속에서 검은 안개가 걷히기 시작했고, 그 안에 가려져 있던 금와방주의 모습이 마침내 드러났다.

하지만 그곳에는 더 이상 모두가 알고 있던 금와방주는 없었다.

대신 분칠이라도 한 듯 새하얀 얼굴에 실처럼 가느다란 여우 눈이 사뭇 인상적인 장한이 서 있었다.

체격이나 외모 그 모든 것이 모두가 알고 있는 금와방주와 달랐다.

그저 입고 있는 옷차림만이 그가 조금 전의 금와방주와 동일 인물임을 알려줄 뿐이었다.

"네놈은……!"

그를 보자마자 이신의 눈이 일순 커졌다.

"아시는 자에요, 가가?"

유세화의 물음에 이신이 말없이 고개를 끄덕였다.

잊을 리 만무하다.

지난날 능위군이 운중장에 쳐들어왔던 날, 이신과 싸웠던 사도길의 감시자!

비록 그때처럼 복면을 쓰지는 않지만, 유일하게 복면 바깥으로 드러난 그의 두 눈은 한시도 뇌리에서 잊은 적이 없던 이신이다.

거기다 앞서 보여준 암화공 비슷한 마공의 기운도 한몫했다.

'설마 금와방주의 정체가 저자였다니. 아니, 정확히는 금와방주로 위장하고 있었던 건가?'

이신의 시선이 악무호 쪽으로 향했다.

그는 작금의 상황을 이해할 수 없는 듯 연신 멍한 표정이었다.

'금와방주와 내통하는 사이 같더니. 역시 아무것도 모르고 있었군.'

금와방주의 정체에 대해서 모르고 있었던 것은 비단 악무호뿐만이 아니었다.

"뭐, 뭐야?"

"누구냐, 네놈은!"

금와방 무인들은 하나같이 소스라치게 놀라면서 여우 눈

사내로부터 황급히 물러났다.

그런 그들의 즉각적인 반응으로 봤을 때, 그들 또한 금와방주의 정체에 대해서 요만큼도 모르고 있었음을 알 수 있었다.

하지만 당황하고 놀라는 것도 잠시, 곧 그들의 얼굴이 점점 분노로 일그러지기 시작했다.

'감히 본 방의 방주 행세를 하는 것도 모자라서 지금까지 우릴 속이다니!'

'절대로 용서할 수 없다!'

분노한 금와방 무사들은 누가 먼저라고 할 것 없이 재빨리 무기를 뽑아 들더니 그대로 여우 눈 사내를 향해서 돌진했다.

그러자 그들을 바라보는 여우 눈 사내의 입꼬리가 소리 없이 올라갔고, 그걸 본 이신이 황급히 외쳤다.

"멈춰!"

여우 눈 사내를 향해서가 아니었다.

그를 향해서 달려드는 금와방 무사들을 향한 경고의 외침이었다.

하지만 이신의 외침이 채 닿기도 전에 칠흑 같은 어둠과 지옥의 열기를 동시에 머금은 검은 불길의 파도가 한발 먼저 그들을 덮쳤다.

"크아아아아악!"

"아아아악!"

삽시간에 검은 불꽃에 휩싸이는 금와방 무사들!

사방이 그들이 연신 토해내는 끔찍한 비명과 매캐한 탄내로 온통 뒤덮였다.

그야말로 인세의 지옥을 방불케 하는 광경 앞에 이신을 제외한 중인들은 아무것도 할 수 없었다.

그저 수십 명의 금와방 무인들이 순식간에 한줌의 재로 화할 때까지 멍하니 지켜보기만 할 따름이었다.

그만큼 충격적인 장면이요, 모두의 뇌리에서 영원히 잊히지 않을 악몽과도 같은 순간이었다.

그러나 그 와중에 유일하게 움직이는 이가 있었다.

스르륵―

그림자처럼 소리 없이 여우 눈 사내의 등 뒤에서 나타난 신형.

그 정체는 다름 아닌 이신이었다.

혈영보의 보법으로 귀신같이 여우 눈 사내의 등 뒤를 점하는 것도 모자라서 이신은 곧바로 믿을 수 없는 만큼의 속도를 자랑하는 쾌검을 구사했다.

하지만…….

카캉!

이미 그의 기습을 예상한 듯 여우 눈 사내는 실로 간단하게 그의 공격을 막아냈다.

심지어 기가 막힌 것은 앞서 둔탁한 쇳소리가 난 것과 달리 이신의 묵빛 검을 막아낸 것이 기껏해야 피륙으로 이루어진 맨손이라는 사실이었다.

신검 반열에 드는 영호검의 날카로운 칼날에도 자그마한 상처 하나 입지 않다니.

내심 충격에 빠질 법도 하건만. 의외로 이신의 표정은 담담했다.

"역시 분신과 싸웠을 때와는 차원이 다르군. 이게 바로 진짜 전륜갑인가?"

뜬금없는 이신의 말에 여우 눈 사내는 잠시 멍한 표정을 지었다. 그러다 이내 곧 그의 입꼬리가 한층 더 위로 치솟아 올랐다.

"…설마 기억하고 있었다니. 이거 참 영광이라고 해야 하나? 아무튼 그때는 본의 아니게 신세를 많이 졌소이다, 사… 아니, 검주."

이신이 쓴웃음을 머금었다.

신세라.

비록 분신이라고는 하나, 엄연히 이신은 그의 목숨을 한 차례 빼앗은 셈이었다. 그것도 꽤나 잔인하게 말이다.

한데도 그런 자를 코앞에 두고도 저런 여유라니.

머릿속 어딘가가 심히 망가진 게 아닌가하고 조금 의심스러울 지경이었다.

하지만 불행히도 상대는 망가졌음에도 제법 머리가 잘 돌아가는 편에 속했다.

이이지는 말이 그것을 승명했다.

"그날 보여준 검은 지금 생각해도 실로 인상적이었소. 하지만 방금 전이나 지금 보여준 검은… 다소 그에 못 미치는 듯하구려. 혹 어딘가 불편한 게 아닌가 싶은데?"

놀랍게도 여우 눈 사내는 좀 전의 공방을 통해서 지금 이신의 상태가 정상이 아님을 간파했다.

실제로 이신의 상태는 그리 좋지 않았다.

다소 무리하게 규염과의 생사결을 치른 탓에 무형지독의 독기가 이미 그의 몸을 좀먹을 대로 좀먹고 있었다.

덕분에 이제 그가 사용할 수 있는 내력의 양은 기껏해야 채 십 분의 일도 안 되는 극히 소량에 불과했다.

물론 이신이기에 그나마 이 정도 수준에서 그친 것이지, 만약 그가 아닌 유지광이나 다른 이들이었다면 오장육부가 다 녹아내려서 진즉에 절명하고 말았을 것이다.

그만큼 무형지독은 무섭고 지독한 절독이었다.

하지만 그토록 허를 찌르는 여우 눈 사내의 말에도 이신은 눈 하나 깜짝하지 않았다.

도리어 그는 영호검을 수직으로 곧추세우면서 말했다.

"분신 때도 그랬지만, 여전히 쓸데없이 말이 많군."

이신의 말에 여우 눈 사내는 히죽 웃었다.

"글쎄. 내 말이 맞는지 아닌지는 나중에 두고 보면 알 테고. 그나저나 서로 구면임에도 검주와는 미처 통성명을 하지 않은 것 같구려."

그러고는 태연하게 이신을 향해 악수를 청하면서 말했다.

"내 이름은 진백. 만나서 반갑소, 검주."

'진백?'

여우 눈 사내, 진백의 악수를 본체만체 하면서 이신은 빠르게 기억을 되짚었다.

그러나 그 어떤 정보나 기억에도 진백이라는 이름은 존재하지 않았다.

그야말로 하늘에서 뚝 떨어진 거나 마찬가지의 인물이었다.

이신이 가지고 있는 정보라고 해봤자 그가 배교의 술법에 정통하다는 것과 어쩌면 배교의 잔당일지도 모른다는 사실 정도였다.

'정보망만 제대로 갖춰져 있었더라면……!'

어쩌면 진백이 금와방주로 위장하고 있었다는 사실, 혹은 그 징조도 한발 먼저 접하고 그에 대한 대비도 충분히 할 수 있었을 것이다.

혈영대주로서 마교에 몸담고 있던 시절에는 미처 깨닫지 못했던 정보망의 중요성을 절실히 체감하는 순간이었다.

이번 일이 끝나면 유정검에게 적극적으로 건의해서 적어도 무한 시내 정도는 훤히 꿰뚫어 볼 수 있는 개인 정보망을 구축하리라 다짐하고 있을 때, 갑자기 어디선가 비명성이 들려왔다.

"캬아아악!"

고개를 돌리자 관중석 한가운데에 웬 복면인의 협봉검에 등을 꿰뚫린 장한의 모습이 보였다.

물론 일검에 즉사했기에 좀 전의 비명을 지른 장본인은 죽은 장한이 아닌 그의 바로 옆에 앉아 있던 여인이었다.

그리고 채 피가 마르지 않은 복면인의 협봉검이 공포로 얼어붙은 여인의 머리를 관통하는 순간, 장내에 대혼란이 일어났다.

"으아아악! 사, 살인이다!"

"살려줘……!"

공황 상태에 빠진 관중들은 앞뒤를 다퉈가며 서둘러 바깥으로 나가려고 했지만, 이미 연무장의 모든 출입구는 또 다른 복면인들에 의해서 가로막힌 지 오래였다.

심지어 복면인들은 조금이라도 가까이 다가오는 관중들을 한 치의 주저 없이 들고 있는 협봉검으로 마구 찔러댔다.

모순되게도 살고자 하는 그들의 발악이 도리어 자신의 죽음을 앞당긴 것이었다.

그 와중에 무인들은 물론이거니와 무공조차 모르는 양민

들까지 죽어 나가는 것을 본 이신의 표정이 딱딱하게 굳어졌다.

그는 황급히 진백을 향해서 외쳤다.

"당장 멈춰! 아무것도 모르는 양민들까지 말려들게 할 셈인가!"

그 마교에서조차 양민들에 대한 공격이나 살인은 엄격히 금지하고 있었다.

무림에서의 다툼이나 갈등은 어디까지나 무림인들끼리 해결해야 한다는 암묵적인 불문율 때문이다.

이신의 물음에 진백은 되려 영문을 모르겠다는 표정으로 말했다.

"목격자를 살려둬선 안 된다는 건 상식 중의 상식 아닌가? 그리고……."

진백은 일부러 한번 호흡을 가다듬은 뒤, 이내 차갑게 웃으면서 마저 말을 이었다.

"어차피 오늘 이곳에서 살아남는 자는 오직 단 한 명뿐이라고."

말을 마치면서 진백은 슬그머니 유가장 사람들이 모여 있는 쪽, 정확히는 유세화를 향해서 곁눈질했다.

우연인지 아닌지 두 사람은 허공에서 눈이 마주쳤고, 유세화는 또다시 온몸에 닭살이 쫙 돋았다.

그 모습을 본 이신은 순간 직감적으로 깨달았다.

'설마 그동안 금와방에서 끈질기게 화매와의 정략혼을 요구했던 것도……?'

유가정의 흡수나 세력 확장 따위가 아닌 오직 유세화 하나만을 노리고 벌인 짓이었단 말인가?

'무엇 때문에?'

도대체 유세화의 무엇을 노리고 그런 짓을 벌인다는 말인가?

도통 해결되지 않는 의문이었지만, 지금은 한가로이 그런 거나 고민하고 있을 때가 아니었다.

'일단은 화매의 안전부터! 지금은 그게 우선이다.'

파팟―!

결심과 동시에 한 치의 망설임 없이 혈영보를 펼치는 이신!

그러나 도중에 그의 앞을 가로막는 그림자가 있었다.

그 그림자의 정체가 뭔지 파악하기도 전에 이신은 갑자기 목덜미가 스산해지는 것을 느꼈다.

휙―!

황급히 옆으로 목을 꺾음과 동시에 실로 간발의 차로 비껴 지나가는 관수!

만약 이신의 회피 동작이 조금만 늦었어도 그대로 목에 커다란 바람구멍이 나고 말았을 것이다.

그만큼의 위력이 좀 전의 관수에서 느껴졌다.

정면을 바라보니 기껏해야 성인 장정의 가슴팍 정도밖에 안 오는 회색 경장의 미소녀가 서 있었다.

마치 인형처럼 무표정한 얼굴을 한 그녀를 보면서 이신은 절로 등골이 오싹해졌다.

'저건 인간이 아니다!'

본능적으로 그 사실을 깨닫기 무섭게 회의 소녀의 신형이 그의 시야에서 사라졌다.

화경급의 경지에 올라서 신체의 오감마저 발달한 이신이 일순간에 놓칠 정도의 움직임이라니.

이에 놀랄 틈도 없이 이신은 본능적으로 영호검을 치켜들었다.

캉!

쇳소리와 함께 땅 속에 살짝 파묻히는 이신의 다리.

회의 소녀의 공격에 의한 충격을 미처 다 해소하지 못한 결과였다.

하지만 그것보다 이신을 괴롭게 한 것은 영호검을 통해서 그의 몸속으로 뱀처럼 파고드는 한줄기의 음기였다.

'크윽!'

극양의 배화구륜공을 익히면서 단련된 그의 심맥을 위협할 정도의 음기라니.

이신은 비로소 회의 소녀의 정체가 뭔지 알 수 있었다.

'환혼빙인!'

어째서 천사련에 있어야 할 구양세가의 마물이 여기 나타
난 건지는 알 수 없었다.

다만 확실한 것은 구양세가가 단순한 혈교의 후예가 아닐
뿐더러, 어떤 식으로든 배교의 잔당과 서로 연관되어 있을 거
라는 사실이었다.

이는 한 가지 불길한 가능성 역시 내포하고 있었다.

'어쩌면 천사련뿐만 아니라 무림맹, 더 나아가서는 마교에도
배교의 잔당이……'

하지만, 이신의 생각은 그 이상 진전되지 않았다.

마치 이신으로 하여금 좀체 진득하게 생각할 틈이나 여유
따위 주지 않겠다는 양 환혼빙인이 쉴 새 없이 공격을 퍼부었
기 때문이다.

이에 이신은 유세화의 곁으로 가기까지 불과 이 장 남짓한
거리만을 남겨둔 채 그대로 발목이 묶여 버리고 말았지만, 그
렇다고 해서 달라붙는 환혼빙인을 억지로 떨쳐낼 수도 없었
다.

그만큼 환혼빙인은 무섭고 강한 마물이었다. 어쩌면 이신
의 몸 상태가 정상이었다고 해도 상대하기 쉽지 않을 정도로
말이다.

오히려 지금 같은 상태에서 이렇게 근근이나마 버텨내는
게 용할 지경이었다.

'초식의 투로나 대응이 단순하다는 게 그나마 불행 중 다행

인가?'

아무리 상대가 강하다고 해도 사용하는 초식이 단순하고, 투로가 뻔히 읽힌다면 얼마든지 미리 준비해서 대응할 수 있었다.

이신이 용케 버티는 이유도 그 때문이었다.

다만 문제는 앞서 이신이 몸소 경험했다시피 무지막지한 위력의 음기와 웬만한 검기로도 생채기가 나지 않는 단단한 육신, 그리고 시간이 지나도 전혀 지치지 않는 강시 특유의 무한한 체력이었다.

사기도 이런 사기가 없을 지경이었다.

그러니 초보자처럼 똑같은 초식만 매번 반복해도 이신이 쉬이 환혼빙인을 떨쳐낼 수 없는 것이었다.

그야말로 이러지도 저러지도 못하는 상황.

그런 그를 비웃기라도 하듯 진백이 여유로운 말투로 말했다.

"내가 뭘 노리는 건지는 대충 알고는 있지만……. 어째 생각한 대로 잘 안 되는 모양이구려, 검주."

"……"

이신이 환혼빙인을 상대하는 걸 핑계 삼아 그의 말을 대놓고 무시하자 진백은 더욱 입가에 조소를 짙게 머금으면서 말했다.

"혹시 그거 알고 있나? 이번 일은 모두 마교에서 한 짓이라고 처리될 예정이란 걸."

"……!"

지금껏 진백이 무슨 말을 해도 반응이 없던 이신의 고개가 처음으로 그에게로 향했다.

그러자 우연인지 아닌지 모르지만, 이때만큼은 환혼빙인의 공격도 쥐 죽은 듯 멈췄다.

"…갑자기 그게 무슨 개소리지?"

"글쎄, 조금만 생각해 봐도 내 말이 무슨 뜻인지는 금방 알 수 있을 텐데?"

진백은 일부러 이신의 물음에 애매모호하게 답했다.

그의 속을 애태울 겸 직접 말한 대로 이신으로 하여금 스스로 생각하도록 하려는 속셈인 게 훤히 보였다.

여전히 환혼빙인의 공격이 없다는 걸 내심 뇌리에 새기면서 이신은 문득 한 가지 대답을 떠올렸다.

애시당초 이신의 정체가 마교의 혈영사신이라는 것을 잘 알고 있는 진백이었다.

그렇다면 답은 정해진 거나 다름없었다.

"…나를 걸고넘어질 참인가?"

"훌륭하군! 설마 정답을 맞히다니. 과연 검주로군."

얼핏 들으면 칭찬 같지만, 말하는 투로 보나 뭘로 보나 대놓고 이신을 비꼬는 것이었다.

'처음부터 이럴 속셈이었군.'

생사결에서 유가장의 대표로 이신이 나선 것을 용인한 것도, 미리 무형지독이라는 절독을 준비한 것도, 전부 이 순간을 위한 포석이었다.

뿐만 아니라 혹시라도 있을지 모를 방해를 대비해서 구양세가의 환혼빙인마저 준비하다니.

이 모든 게 따지고 보자면 전부 이신 한 명을 견제하기 위한 대책이었다.

심지어 혈영사신이라 불리는 이신이 깊게 연관되어 있다면 제아무리 천하의 마교라고 할지라도 무조건 아니라 잡아떼기 어려웠다.

거기까지 계산하고 이 모든 걸 꾸몄다니.

'이건 준비가 철저하다 못해서 살짝 질려 버리기까지 할 지경인데?'

따지고 보면 이신에 대한 사전 정보가 있었기에 이런 계책도 꾸밀 수 있는 법!

이래서 정보가 무서운 것이다.

덤으로 그 무서운 정보를 손에 쥔 자가 행동력, 심지어 세력까지 갖추면 얼마나 상대하기 껄끄러워지는지도 알 수 있었다.

"만약을 대비해서 환혼빙인까지 준비해 두길 잘한 것 같군. 덕분에 일이 수월해졌군. 아무튼 그럼 거기서 잠자코 지켜보라고. 네 하나밖에 없는 정인이 어찌 되는지를."

"······."

이신이 아무런 말도 못한 채 분한 듯 고개를 숙이자 진백의 입꼬리가 한층 올라갔다.

그렇게 만족스러운 얼굴로 돌아선 진백은 미처 보지 못했다.

그 순간, 고개를 숙인 이신의 입가에 돌연 의미심장한 미소가 그려지는 것을.

"···만약의 경우에 대비한 게 과연 네놈 혼자뿐일까?"

"뭣?"

문득 이신의 입에서 튀어나온 말에 반사적으로 고개를 돌리는 진백.

하지만 그것이 그의 패착이었다.

푸욱—!

그의 등을 꿰뚫고 가슴 위로 튀어나오는 새하얀 검신!

그리고 뼈와 살이 한꺼번에 찢어지고 부서지는 고통이 진백의 전신으로 급격하게 퍼져 나갔다.

"커, 커억······!"

진백은 차마 믿을 수 없다는 얼굴로 가슴팍의 검신을 내려다봤다.

이 정도 거리까지 접근할 때까지 몰랐던 건 중간에 기척을 숨기는 것 등으로 가능하다고 칠 수 있다.

그러나 항시 무적에 가까운 방호력을 자랑하던 호신강기,

전륜갑으로 보호받는 자신의 몸에 상처를 내는 것도 모자라서 그대로 검을 찔러 넣다니!

'도, 도대체 어떻게⋯⋯?'

그 이유는 검신 위로 뭉게뭉게 피어오르는 청색의 검기와 함께 밝혀졌다.

"태, 태청강기(太淸罡氣)!"

무당의 절세기공이자 도가현문의 총화라고까지 일컬어지는 당대 최고의 절학!

특히 마공의 천적이라고 할 수 있는 파사현정(破邪顯正)의 특성마저 지닌 그 절학을 사용할 수 있는 사람은 세상에 오직 단 두 명뿐이었다.

한 명은 익히 잘 알고 있는 현 무당제일검이자 당대 장문인 청허자.

그리고 또 한 명은 그의 제자이자 이번 생사결이 진행되는 동안, 단 한 번도 그 모습을 보이지 않은 '그'였다.

"서, 설마 무, 무당과 손을 잡았던 것이냐⋯⋯!!"

그의 외침에 등 뒤에 서 있는 젊은 도사, 운검이 차가운 조소를 머금었다.

"이제 와서 눈치채 봤자 너무 늦었소."

"크으으!"

이신과 운검의 동맹.

얼핏 보기에는 말도 안 되는 소리처럼 보이지만, 냉정하게 생각해 보면 분명 그와 관련된 전조는 있었다.

운검은 무한에 도착하자마자 금와방이 아닌 운중장으로 향했다.

뿐만 아니라 금와방과 유가장의 갈등에 생사결이라는 해결책을 제시한 이신의 의견에 적극 동조했다.

그리고 분명 금와방주로 분한 자신이 편히 쉬라고 손수 숙소까지 제공했는데, 운검은 이를 정중히 거절하고 대신 무한 내의 허름한 객잔에 머물렀다.

이번 일을 꾸미는 데 있어서 무당파 소속인 그의 감시나 개입 등이 꽤나 성가셨기에 내심 이를 달가워했거늘.

물론 그렇다고 해서 진백이 운검에 대한 감시를 소홀히 한 건 아니었다.

매일 두 시진 간격으로 부하들에게 그를 밀착 감시하도록 했고, 직접 운검의 하루 일정에 대한 정리 및 보고를 듣는 것도 게을리 하지 않았다.

그렇기에 지난 열흘 동안 운검의 일거수일투족에 대해서는 이 세상의 누구보다 훤히 꿰뚫고 있다고 자부하는 그였다.

그런데도 진백이 두 사람의 동맹에 대해서 일절 몰랐다면 답은 하나뿐이었다.

'생사결에 대해서 의논하던 날, 바로 그날이었구나! 그때 이미 둘이서 모종의 협약을 맺었던 거야!'

문제의 원인은 악무호였다.

그는 어디까지나 그날 무슨 일이 있었다는 정도만 말했을 뿐, 구체적인 내막에 대한 분석이나 파악 능력은 매우 떨어졌다.

솔직히 일신에 익힌 무공 외에는 그렇게까지 능력 있는 자라고 보기도 어려웠다.

한데도 진백은 그의 말만 믿고 그저 운검이 이번 생사결에 대해서 찬성했다는 것에 대한 의문만 느낀 채 자세한 조사를 벌이지 않았다.

이유는 간단했다. 딱히 이신과 운검이 손을 잡을 만한 이유나 동기가 없다고 봤기 때문이다.

'한데 왜?'

그런 그의 의문에 대한 답을 하듯 운검이 담담한 어조로 말했다.

"그간 본산의 장문인께서는 문파 내에 어떤 기묘한 암류(暗流)가 흐른다는 걸 어렴풋이 느끼고 계셨소. 그리고 그 암류가 금와방과도 깊게 연관되어 있다는 것도. 때문에 본산에서는 따로 나를 이곳으로 내려 보낸 것이오."

"으음!"

무당파에서 운검을 내려 보낸 것은 표면적으로는 금와방을 돕기 위해서지만, 기실 흑막의 진위 여부를 파악하기 위해서였다.

이신과의 동맹은 바로 그 조사를 위한 것일 테고.

운검의 말이 끝나기 무섭게 진백의 얼굴이 그 여느 때보다 어두워졌다.

'무당파가 본 교의 존재에 대해서 눈치채고 있었다니.'

변수도 이런 변수가 없었다.

한시라도 빨리 이 사실을 상부에 알려야 한다는 생각과 달리 진백의 의식은 갈수록 흐릿해졌다.

운검의 검에 제대로 꿰뚫린 것도 있지만, 뭣보다 상처를 통해서 흘러나오는 핏물의 양이 심상치 않았다.

그러자 환혼빙인 역시 아까 전보다 움직임이 눈에 띄게 굼뜨지기 시작했다.

그걸 본 이신의 눈이 빛났다.

'역시 진백의 심령이 환혼빙인을 조종하고 있었군.'

그렇다면 진백의 의식이 흐려져서 환혼빙인이 제 힘을 다 발휘할 수 없는 지금이야말로 절호의 기회라고 할 수 있었다.

이신은 주저 없이 수중의 영호검 대신 비어 있는 왼손을 냅다 휘둘렀다.

그러자 백색의 수기(手氣)가 대기를 불태울 듯한 뜨거운 열기를 머금은 채 환혼빙인을 덮쳤다.

이신이 익힌 절기 중에서 가장 극양의 기운을 자랑하는 팔열수라수였다.

극음의 기운을 가진 마물인 환혼빙인에게는 그야말로 상극의 공격!

끼아아아아아악—!

공격이 적중하기 무섭게 환혼빙인이 귀곡성을 연상케 하는 비명성을 내질렀다.

하지만 이신은 그것을 철저히 외면한 채 유세화에게로 향했다.

"화매!"

"가가!"

다행히 유세화는 멀쩡했다.

유지광은 물론이거니와 유가장의 무인들이 필사적으로 그녀를 보호한 결과였다.

하지만 단순히 그것 때문만은 아닌 듯 했다.

"이건?"

아직 겨울이 아님에도 차갑게 얼어붙은 복면인 시체.

그게 하나도 아니고 무려 십여 구에 달했는데, 한눈에 봐도 일검에 모조리 당하고 만 것이었다.

실로 놀라운 일이 아닐 수 없으나, 정작 이신은 다른 이유 때문에 놀라고 있었다.

'한령마기? 설마……?'

이정도 수준의 한령마기를 사용할 수 있는 사람은 이신이 알기로도 몇 안 되었다.

거기다 출중한 검술까지 겸비했다면 후보는 더욱 좁혀졌다.

'아니야. 그럴 리 없어. 그녀가 이곳에 올 이유가 전혀 없는데……'

연신 떠오르는 얼굴의 주인을 부정하듯 이신은 고개를 내저었다.

바로 그때였다.

"크으윽!"

갑작스러운 운검의 신음성, 이에 고개를 돌리자 검은 불꽃을 마구 휘감고 있는 진백의 모습이 보였다.

이신의 눈살이 저도 모르게 찡그려졌다.

'그 부상에 움직인다고?'

분명 운검의 송문검이 정확하게 그의 심장을 꿰뚫은 것을 봤기에 놀라움은 더욱 컸다.

거기다 불꽃의 기세가 전혀 제어되지 않고, 진백의 몸마저 불태우는 것으로 봐서는 전형적인 마장(魔障)에 의한 광란 증세였다.

'마장을 인위적으로 일으키다니.'

그 가능 여부를 떠나서 굳이 그렇게까지 해서 싸우려고 하는 저 의지가 놀라울 따름이었다.

하지만 문제는 그뿐만이 아니었다.

끼아아아아아아아악—!

난데없이 이신의 귀청을 어지럽히는 귀곡성!

잇달아 유세화가 소리쳤다.

"조심하세요, 가가!!"

서둘러 고개를 돌린 이신은 이전과 달리 미친 듯이 달려드는 환혼빙인의 모습에 눈살을 찌푸렸다.

'진백의 마성이 심령을 통해서 그대로 전달된 건가.'

이런 게 바로 엎친 데 덮친 격일까.

광란에 빠진 환혼빙인을 상대로 팔열수라수로는 아무래도 역부족이었다.

'내공이 부족하긴 하지만……'

이신은 힘겹게 영호검을 다시 뽑아 들었다.

그리고 얼마 남지 않는 내력을 배화륜으로 배가시키려는 찰나.

쩌저저정ㅡ!

이신을 공격하려던 환혼빙인은 난데없이 거대한 얼음관 안에 갇혀 버렸다.

"…뭐?"

극음의 마물인 환혼빙인을 얼려 버리다니.

눈으로 보고도 차마 믿기지 않을 놀라운 신위였으나, 이신의 시선은 그곳에 머무르지 않았다.

휘이이잉ㅡ

마치 자신만 다른 계절에 있는 양 서늘한 설풍을 휘감고 있는 홍의궁장녀.

면사로 얼굴을 가린 그녀를 바라보면서 이신은 저도 모르게 중얼거렸다.

"일조장……?"

『대무사』 3권에 계속…

초대형 24시 만화방

신간 100%, 샤워실, 흡연실, 수면실(침대석), 커플석, 세탁기 완비

■ 강북 노원역점 ■

서울 노원구 상계동 340-6 노원역 1번 출구 앞 3층
02) 951-8324 (화용빌딩 3층)

■ 일산 정발산역점 ■

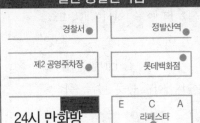

라페스타 E동 건너편 먹자골목 내 객잔건물 5층
031) 914-1957

■ 일산 화정역점 ■

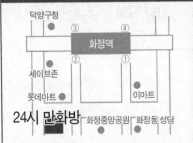

경기도 고양시 덕양구 화정동 984번지 서일빌딩 7층
031) 979-4874 (서일사우나 건물 7층)

■ 부천 역곡역점 ■

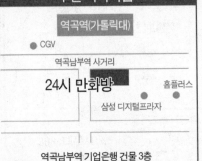

역곡남부역 기업은행 건물 3층
032) 665-5525

■ 부평역점 ■

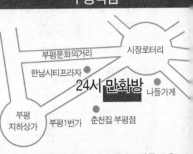

(구) 진선미 예식장 뒤 보스나이트 건물 10층
032) 522-2871

월야환담

· 채월야 ·

홍정훈 장편 소설

내일을 향해 쏴라

김형석 장편 소설

FUSION FANTASTIC STORY

1만 시간의 법칙!
'성공은 1만 시간의 노력이 만든다' 는 뜻이다.

그러나…
사회복지학과 복학생 수.
전공 실습으로 나간 호스피스 병동에서
미지와 조우하다.

1만 시간의 법칙?
아니, 1분의 법칙!

전무후무한 능력이 수에게 강림하다!
맨주먹 하나로 시작한 수의
인생역전이 시작된다!

Book Publishing CHUNGEORAM

유행이 아닌 자유추구 -
WWW.chungeoram.com

환생마법사

Magician return

빠져나갈 수 없는 환생의 굴레,
그는 내게 마지막 기회를 주었다.

"이 세계의 정점이 된다면…
네가 살던 곳으로 돌려보내 주겠다."

대륙 최고를 향한 끝없는 투쟁!
100번째 삶.

더 이상의 실수는 없다.

Book Publishing CHUNGEORAM

유행이 아닌 자유추구 -
WWW.chungeoram.com

만상조 新무협 판타지 소설

FANTASTIC ORIENTAL HEROES

狂風霽月 광풍제월

천하제일이란 이름은 불변(不變)하지 않는다!

『광풍제월』

시천마(始天魔) 혁무원(赫撫源)에 의한 천마일통(天魔一統)!
그의 무시무시한 무공 앞에 구대문파는 멸문했고,
무림은 일통되었다.

"그는 너무나도 강했지.
그래서 우리는 패배했고, 이곳에 갇혔다."

천하제일이란 그림자에 가려져 있던 수많은 이인자들.

"만약……"
"이인자들의 무공을 한데로 모은다면 어떨까?"
"시천마, 그놈을 엿 먹일 수도 있을 거야."

이들의 뜻을 이어받은 소년, 소하.
그의 무림 진출기가 시작된다.

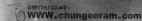